舒乙文集

美好心灵的富矿

舒乙 /著
李劭南 /编

北京出版集团
北京出版社

图书在版编目（CIP）数据

美好心灵的富矿 / 舒乙著；李劲南编. — 北京：北京出版社，2023.2（2025.1重印）

（舒乙文集）

ISBN 978-7-200-14839-8

Ⅰ. ①美… Ⅱ. ①舒… ②李… Ⅲ. ①散文集—中国—当代 Ⅳ. ①I267

中国版本图书馆 CIP 数据核字（2019）第 066076 号

舒乙文集

美好心灵的富矿

MEIHAO XINLING DE FUKUANG

舒乙 著 李劲南 编

出　　版	北京出版集团
	北京出版社
地　　址	北京北三环中路6号
邮　　编	100120
网　　址	www.bph.com.cn
总 发 行	北京出版集团
印　　刷	北京华联印刷有限公司
经　　销	新华书店
开　　本	880 毫米 ×1230 毫米　1/32
印　　张	6
字　　数	110 千字
版　　次	2023 年 2 月第 1 版
印　　次	2025 年 1 月第 3 次印刷
书　　号	ISBN 978-7-200-14839-8
定　　价	58.00 元

如有印装质量问题，由本社负责调换

质量监督电话　010-58572393

目　录

胡乔木和中国现代文学馆……………… [1]
一座表现中国人民美好心灵的富矿……… [7]
"九绝"……………………………………… [19]
作家肖像画廊……………………………… [37]
为作家录像………………………………… [40]
发生在建设新馆的日子…………………… [43]
巴金和现代文学馆………………………… [50]
巴金先生的赠书…………………………… [54]
鲁迅、郑振铎的签名本…………………… [58]
熊秉明先生做鲁迅头像…………………… [61]
天上人间——记茅盾、冰心墓地………… [67]
茅盾先生的解疑信………………………… [72]
好人罗荪…………………………………… [75]
萧乾、文洁若捐献《尤利西斯》译稿…… [80]
手稿种种…………………………………… [86]
周作人漂亮的手稿………………………… [91]
王世襄写《秋虫六忆》…………………… [94]
朱自清的遗稿和遗物……………………… [97]

1

朱自清的自存本……………………………[101]
闻一多手稿的复现……………………………[104]
萧三的书和叶华的照片………………………[107]
萧三撰写的有关毛泽东传略的两部
　重要文稿……………………………………[110]
一次大丰收……………………………………[114]
聂绀弩的遗稿…………………………………[120]
张天翼文库……………………………………[123]
周扬捐书………………………………………[126]
有了一个"丁玲文库"…………………………[129]
蔡仪也有文库…………………………………[132]
杨沫的遗嘱……………………………………[136]
整套的《保卫延安》手稿……………………[139]
《红岩》手稿入藏文学馆……………………[142]
宗璞的作文和李广田的批改…………………[145]
林海音的礼物…………………………………[148]
凌叔华的遗物…………………………………[151]
没有留下话的杨犁……………………………[154]
"两栖"奇才周颖南……………………………[157]
一曲美丽的咏叹调……………………………[164]
"卜少夫文库"落户北京………………………[167]
去法国小镇取宝………………………………[170]
精神富翁：阮章竞艺术作品展………………[177]
为默耘者歌……………………………………[180]

胡乔木和中国现代文学馆

乔木同志是我党的著名理论家、宣传家，同时，又是一位大文人、大学者。他一生偏爱文学和艺术，为新中国的文艺事业做了大量有益的工作。他对中国现代文学馆的关心和帮助就是一个明显的例子。

中国现代文学馆的倡议者是我国现代文学泰斗巴金先生。他最早于1981年2月14日在香港发表文章提及此事，这便是那篇《创作回忆录》之十一。过了一个月，《人民日报》正式刊载了这篇文章，立刻在国内外引起强烈反响。乔木同志是这个倡议的最早的热情支持者之一。4月13日乔木同志曾写信给贺敬之，专门谈到这件事：

"巴金提议成立新文艺资料馆，这个意见他也跟我说过，我觉得很好，表示愿意尽力支持。听说荒煤同志也很赞助。不知有没有着落？有没有希望？"

此后，中国作协于4月20日召开主席团扩大会，讨论通过了一项决议，决定筹建中国现代文学馆，并报中央批准。

头一件大事是为文学馆找一个落脚的地方，不要新房，找一处现成的旧房即可。乔木同志为这件事下了大力气，整整花了一年半的工夫，方得以解决。现在，发现了大量档案材料，是当时中央和北京市之间的来往书信文件，每一件都是最后归到乔木同志那里，由他定案。房子几经周折，开始选在西郊的潭柘寺，后来是颐和园的"藻鉴堂"，最后选定万寿寺的西院。确定万寿寺更是花费了一番功夫。当时北京市的领导贾庭三、赵鹏飞，尤其是负责文化工作的副市长白介夫都为此事出了大力。确定万寿寺为临时馆址之后，乔木同志曾写信给巴老。巴老于1982年5月14日回信，表示感谢，并希望今后经常得到乔木同志的帮助。然而，好事多磨，占用房子的单位迟迟不肯搬走。巴老在关键时刻又为此事烧了一把火，他于1982年8月26日专门写了一篇文章，还是投到香港《大公报》，题目叫《再说中国现代文学馆》。他不明白，这么一件好事，怎么办起来就这么难，他感到困惑和不安："文学馆的招牌早已由88岁老人叶圣陶同志写好，就是找不到地方挂出来……我们目前需要一所房子……可是在偌大的北京城却找不到我们需要的房子。我们要求过，我们呼吁过……有一天我收到了北京的信，说是房子已经解决，作协的人看过了同意接受，我白白高兴了两个星期，甚至一个月，后来才知道房子里的人不肯搬，我们也无法叫他们搬走，这就是说我们只好望梅止渴了，那么就等待吧。但是要等到什么时候呢？"

巴老还说："我们的现代文学好像是一所预备学校，把无数战士转送到革命战场，难道对新中国的诞生就没有丝毫的功劳？"

巴金先生最后还说了这样的话："过去的事已经过去了。在摧残文化的十年梦魇中我们损失了多少有关现代文学的珍贵资料，那么把经历了浩劫后却给保留下来的东西搜集起来保存下去，也该是一件好事。去年在隆重纪念鲁迅先生诞生百年的时候，我曾经这么想过，先生不见得喜欢这种热闹的场面吧。用现代文学馆来纪念先生也许更适当些。先生是我们现代文学运动的主帅，但他并不是'光杆司令'。倘若先生今天还健在，他会为文学馆的房子呼吁，他会帮助我们把文学馆早日建立起来。"

这几段发自肺腑的话，再一次震动了全国。

在巴老文章发表之前，乔木同志已经在7月7日写信给杨尚昆同志，请他支持，解决占房单位搬出的难题。读了巴老的文章后，乔木同志又第一个闻风而动。

10月7日乔木同志主动把这篇文章转送给北京的白介夫看。乔木在巴老文章重要的地方还画了杠杠，以示强调。

介夫副市长接到文章后，紧锣密鼓地赶在他出国访问之前，把事情协调好。他于10月10日写信给乔木同志，报告说：已通知市文物局，决定下星期和占房单位办理交接手续，随即和文学馆商定使用协议。

三下一齐使劲，房子终于彻底解决了。

1982年10月16日，"中国现代文学馆筹建处"召开成立大会，乔木同志亲临万寿寺西院，并为筹建处挂了牌子。

经过三年的筹建，中国现代文学馆于1985年3月26日正式开馆。巴老由上海来到北京，亲自主持开馆典礼。巴老非常兴奋，难能可贵地当众讲了话。这一天乔木同志又一次来到万寿寺，他在成立大会上代表党中央讲了话。他向巴金先生表示感谢，并祝愿中国现代文学馆越办越好。

在开馆典礼上，乔木同志遇到了胡风先生，他们由于众所周知的原因多年不见，彼此已经不认识了。当乔木同志得知眼前这位行动迟缓的老人便是胡风时，他主动快步走上前去，向他热情地问好，拉着他的手真诚地表示敬意和慰问，使在场目睹这一幕的人都大为感动。

1988年10月，乔木同志到上海看望巴老。巴老请乔木同志回京后替他到文学馆看看，如果有什么困难就替他们解决一下。乔木同志回京后第二天一大早就到了文学馆，说他是"奉巴老之命前来帮忙的"。乔木同志仔细地巡视了全馆每一处库房和展室，并和馆负责人座谈。最后乔木同志做了归纳，他以为文学馆有两大问题，一是管理体制问题，二是馆址问题。对馆址问题，他的态度很坚决：在永久馆址没解决之前，暂在万寿寺西院不动，借万寿寺西院实属不易，近期内不要再谈搬迁的事。他答应立刻写信给北京市领导人，要求市里直接干涉一下，不要再逼文学馆立刻搬家。乔木同志说办就办，在文学馆里提笔就写了一封恳切的信给北京市领导人。

关于文学馆管理体制问题，乔木同志有一个新思路。他主张文学馆由两家共管，一家是国家档案局，管文学馆的财政事业费来源，另一家是中国作家协会，管文学馆的业务归口。这样，文学馆既能解决自己的财政困难，又能和作家们保持最密切的关系，比目前单独由作协一家领导有利得多。

又是说干就干，为这件事，乔木同志第二天便给国家档案局韩毓虎局长写了信，还给作协领导人王蒙同志打了电话。他们都表示同意。

当日，乔木同志秘书打电话给文学馆杨犁馆长，将乔木同志几个信件的复印件以及电话内容通知了文学馆。杨馆长立刻向巴老和作协领导做了报告，并于10月10日回信给乔木同志，对他的热情帮助表示衷心感谢。乔木同志这个好思路后来在实际运作中，由于党政系统要分开的缘故并没有得到落实，非常可惜。

值得告慰乔木同志的是：以江泽民同志为核心的党中央一直非常关心现代文学馆的发展。1993年4月江总书记应巴老的请求，同意为文学馆在北京建新馆。同年5月国家计委为这个工程立了项。目前土地和投资均已落实。1996年

10月，江总书记为新馆题写了馆名。11月25日新馆奠基仪式隆重举行。一个崭新的现代文学馆即将耸立在北京城区的东北方向。乔木同志的苦心没有白费。他钟爱的事业正在前进，大步大步地。

（原载1997年3月25日《人民日报》）

一座表现中国人民美好心灵的富矿
——中国现代文学馆巡礼

1996年11月25日,对中国文学界是个双喜临门的喜庆日子:由江泽民主席亲笔题写馆名的中国现代文学馆新馆奠基了,馆名揭彩仪式也同期举行了。这是文学界盼望已久的盛事,消息传来,作家们和广大文学爱好者感到欢欣鼓舞,都说这是加强精神文明建设的一件大实事。

巴金和现代文学馆

倡议建立中国现代文学馆的是我国当代文豪巴金先生。1981年他写过这样的话:"倘若我能够在北京看到这样一所资料馆,这将是我晚年的莫大的幸福,我愿意尽最大的努力促成它的出现,这个工作比写五本、十本《创作回忆录》更有意义。"

经过四年多的筹备，中国现代文学馆真的开了张，而且是在又大又静的院子里。巴金先生如愿以偿，他亲自主持了开幕式，第二天，又专门前来视察，坐着轮椅巡视一遭，感到心满意足，他说："我愿意把我最后的精力贡献给中国现代文学馆。这是表现中国人民美好心灵的丰富矿藏，大量开发的日子就会来到的。我已经看到了文学馆的明天。这明天，作者和读者人人有份。我的心灵仿佛一滴水，在这汪洋的大海中找到了归宿。"

巴金先生还有三项许诺，表示他的真诚，表示他的实干，表示他的带头：

第一，他从稿费中拿出15万元作为文学馆的"垫底儿"钱；

第二，下决心，在所有的旧作上面，不再收稿费，都转赠给文学馆；

第三，将他的藏书，属于中国现代文学部分的，都送给文学馆。

说到办到。这三项许诺都立即变为现实。第一、第二两项合计，如今所捐款项，总数已超过人民币20万元。他的文学资料则安放在文学馆内的"巴金文库"中，共计有7658册图书，是巴金先生分12批亲自挑选邮寄来的，著作的各种版本，有他的同代人赠他的签名留念本，有他创办的文化生活出版社出版的各种图书，还有大批三四十年代的老杂志和老书，多数都相当珍贵。

"巴金文库"是文学馆里建立的第一个作家文库，也是最精彩的一个，堪称文学馆的镇馆之宝。

三十三座小博物馆

眼下，继"巴金文库"之后，已建立33个作家文库。凡是有整批藏书捐给文学馆的，文学馆都要专门开辟一架书柜或者半间房，甚至一间、两间、三间房屋存入，以捐赠者的名字命名，叫作他的文库。这样做，可以保持藏书者的藏书风貌，便于研究者查找利用，很受好评。这个办法对作家们和他们的家属有很大的吸引力，同时，广大文学爱好者对它们也极有兴趣，一个作家文库就是一个小作家博物馆啊！

张天翼的夫人沈承宽把作家生前的用具，包括偏瘫以后用左手练字的木板、药碗、座椅，连同他的文房四宝和藏书都送了来。冰心先生把她和吴文藻先生收藏的字画，除了家中墙上挂着的四幅之外，一股脑儿共50多幅有上款的都送进了文学馆的"冰心文库"，其中一幅日本大作家武者小路实笃所画的石榴，堪称是不可多得的文物，连日本作家看了都羡慕不已。陈明、蒋祖林、蒋祖慧把丁玲书房兼卧室的全部遗物都送给了文学馆，于是"丁玲文库"便索性布置成了丁玲书房兼卧室的样子，那里放着丁玲的木板床、藤椅、衣柜、书桌，连她用的敲打关节的小手棰都按原来的样子放在丁玲的枕头旁边。走进丁玲文库宛如走进了丁玲的家。墙上有许多幅丁玲的巨照和旧像。人走到巨照面前，年轻的丁玲用那双活泼的眼睛向你微笑，一下子就能把你带到那充满了战斗气氛的难忘年代。周扬去世之后，他的夫人苏灵扬按他的遗愿拟就了一份遗嘱，要把周扬的全部藏书，共15000余册，都赠给文学馆，并请荒煤、冯牧二位好友做遗嘱执行人。如今，"周扬文库"已正式开放，是文学馆内最大的一座作家文库，所藏资料门类的确非常丰富，光是戏曲唱片就有几百片，都是很难得的。

"全"的收藏原则

中国现代文学馆的基本任务是收集、保管、整理、研究中国现当代作家的手稿、著作版本、译本、书信、录音、录像、照片、文物等文学档案资料，集中展示中国现代文学的辉煌成就。它是具有中国档案馆性质的中国现当代文学资料中心和研究中心。从功能上看，博物馆、图书馆和档案馆的功能它都兼而有之。从时间划分上看，以五四运动前后兴起的现代文学为起点，直至目前的当代文学，全在它的收藏之列。从地域上看，所有我国各民族现当代文学的著作，以及现居台湾、香港、澳门和海外的华人作家的著作，也全在收藏之列，而且不论其政治态度和风格流派如何。文学馆的收藏原则是"全"，这一时期出现的所有文学资料和文学现象全是它的收藏目标和追逐研究对象，只有这样才称得起是权威性的专业资料馆。人们有趣地发现，它的图书库内图书是按作家分类的，即按姓氏汉语拼音顺序排列，同作家的作品及其译本，他的传记、评传、有关他的研究专著、评论等全都放在一起，有利于读者和研究者查找，在姓"周"的作家书架上，人们发现周扬、周作人、周瘦鹃、周而复的资料同时出现在一架上，证明它的收藏原则的确得到了充分的贯彻。

他们同样喜欢它

台、港、澳及海外华人作家极为欣赏文学馆的收藏原则，他们中的许多人尽管持不同的政治观点，但是很愿意让自己的作品在文学馆中占一个席位。文学馆的收藏原则让他们放心，作为炎黄子孙中的一员，他们把自己的书放在文学馆里，觉得脸上有光。

《城南旧事》的作者，台湾著名女作家林海音参观了文学馆之后，主动提出要做两件事：一是要把她的出版社——"纯文学出版社"的所有出版物捐赠一套给文学馆，二是要动员其他台湾民办的文学出版社都把自己的书送来。为此，她自己回台后掏钱请客，自己掏邮寄费，实行一包到底。香港伍集成先生、梁凤仪博士也都有大量的捐赠，这些捐赠合在一起，便是一个相当有分量的台港文学资料中心。在北京出现这么一个中心，足以使大陆的台港文学研究者兴奋不已，也使台港作家感到十分欣慰。正因为如此，海外捐赠文学图书的势头一直有增无减，使文学馆无意之中在海峡两岸的文学交流上起了先锋作用。难怪一些台湾的文学工作者公开在台湾报刊上发表文章，说"文学馆是认识大陆文化工作的一个很好的抽样"。他们甚至称北京的中国现代文学馆为"他山之石"，也要仿造一个，在台湾！而且真的派了人来，说是来取经的。

　　巴金先生曾经设想，文学馆建成之后，研究中国现代文学的人，不必再到东京、伦敦或者华盛顿，到北京来就成了，看来，实现巴金先生这个愿望，已为期不远了。旅居香港的老作家李辉英先生去世之后，他的夫人张周女士专程到北京来，愿将李辉英在香港的藏书全部运回北京，赠给文学馆。这批珍贵图书，共计6000余册，以四五十年代出版的为主，眼下已经全都运抵北京。图书起运三日后，张周女士病逝。"李辉英文库"是继"周颖南文库""周仲铮文库"之后的第三个海外归来的作家文库。最近,香港著名报人、作家卜少夫先生捐给中国现代文学馆3000册个人藏书,对研究海峡两岸关系史有重大参考价值。"卜少夫文库"的建立同样大大增强了实现巴金先生愿望的信心。"找中国现代文学资料,到北京去!"有朝一日,这句话一定会成为全世界汉学家们的共同的心愿。

五个第一

有五样东西,文学馆在国内是属第一的:作家文库、作家手稿库、作家照片库、作家录像带库、作家肖像画廊。这五个以作家为对象的专业库和画廊都是首创,而且是独一份,受到作家们和研究家们很大的重视和高度的评价。鲁迅先生生前连一寸长的电影胶片也没有留下,成了天大的遗憾。为不再发生类似的遗憾,文学馆搞了上面说的那五样东西,国家拨专款,添置了设备,把万寿寺内最好的房子腾出来,装上防火防潮防紫外线防盗防震设施,以尽可能高的规格存放这些资料,为保存作家的各种真迹提供最佳条件。

真正遗憾的是,巴金先生建立文学馆的倡议是"文革"之后才提出来的,此时的作家手稿、书信、日记、照片已损失大部,而且是不可逆转地永远消失了。这使文学馆的征集工作变得相当艰难,严重的先天不足!照片,别说一摞,就是收集到一张,有时都要欢呼起来。何况,许多位大作家都已过早地离去,未曾来得及留下录像和录音,使后人永远没有办法看到他们写作时是什么样子,也无法听到他们的声音。这项工作带有抢救性质,文学馆设立了征集室,它是馆里主要的业务部门之一,专门和作家们打交道,采访他们,为他们照相、录音、录像,征集他们的手稿、书信、日记。此外,还有专门的技术部门,进行分类、存档、保管。这项工作难度虽大,但也极其有趣,每一件重要资料的发现和入库几乎都伴随着一个动人的故事,带着惊人的曲折和精彩的传奇。以至对一件了不起的收藏,譬如闻一多先生的绝笔——歌舞剧《九歌》的手稿,还要专门举行隆重的交接仪式,大肆庆祝一番,向新闻界郑重地介绍献出者,大张旗鼓地表扬他,热热闹闹,真像过节一样。

拿手戏——办作家展览

为了使征集到的文学资料有机会和广大观众见面,文学馆为自己制定了一个办展览的制度,每年举办两位大作家的生平展览。这个制度已经形成了一种光荣的传统，为首都的文化生活增添了几分光彩。最早举办的是茅盾文学生涯展览和老舍文学生涯展览，获得了观众的一致好评。如今，这两个展览已经变成常年陈设了，前者布置在茅盾故居纪念馆里，后者暂时布置在文学馆内，待老舍故居纪念馆落成后，准备也移到那里去。接着，文学馆联合北京图书馆陆续举办了巴金、冰心、叶圣陶、夏衍、丁玲、萧乾、阳翰笙、胡风、沙汀、艾芜、臧克家、靳以等17个展览。值得一提的是，每个展览的开幕式都是文学界的一次盛会。老朋友们聚在一起互相问候，重温过去的创作道路，在作家像前合影，发表即席演讲，亲切而庄重，使到会的年轻人大饱眼福耳福，仿佛受到了一次文学洗礼。90岁高龄的冰心先生近十年已不出户门，唯一的例外，便是到为她的老友举办的展览上去参观。她让家人推着轮椅把她送入展厅。上台阶的时候，四五个小伙子一起抬着她的轮椅。大家笑，她也笑，说："结婚没坐过轿子，今天补坐了！"她的到来每次都能传为美谈，许多观众闻风而来，争着和她照相，请她签名，陪她一同参观，甚至录下她的每句话来。一次，在参观老舍展览之后，她百感交集，突然，当着所有观众的面，抱头大哭，把在场的人着实地吓了一大跳，全愣在了那里，不知所措。大家被她的真情深深地感动了，许多人都陪着她落下热泪。于是，在展览之外，又多了许多新的感人故事。

受重视的杂志和编选读物

除此之外，文学馆还和中国现代文学研究会一同编辑出版一个季刊，叫作《中国现代文学馆研究丛刊》，每年累计发表100万字的研究论文。这是中国现代文学研究界唯一的一块阵地，全国3000多位教授中国现代文学的教师把他们的研究心得和成果发表在上面。在他们的心目中，这是一块自己的净土，很神圣、很重要。有的海外汉学家搬家时先把这套杂志随身搬走，以为是教学的必不可少的重要参考资料，因为那上面全是最新的现代文学研究成果。

文学馆还利用自己的资料编辑出版作家书信集，这也是一项难度大而功德重的事情。眼下，已出版了九本，还在收编之中。

文学馆编辑出版了一套《台湾当代著名作家代表作大系》，第一辑共计十卷。作家确定为白先勇、余光中、林文月、林海音、徐钟佩、彭歌、张秀亚、琦君、黄春明、郑清文。文学馆按照自己的鉴赏标准编选，并写长篇导读性的序言。出版后，受到包括台湾作者在内的文学界的高度评价。

目前，文学馆正利用自己的资料优势编辑出版一套

《中国现代文学百人文库》，共计100卷，涉及100多位最重要的中国现代作家的有代表性的著作，在挖掘的广度和深度上都有相当突破。

文学馆编辑出版的《中国现代作家辞典》，工具性很强，每位作家都有小传、照片和全部著译书目以及研究资料书目。它同时还有英文版本出版。

亚洲乃至世界最大的新馆

随着文学馆事业的发展，建设新馆被提到日程上，经过巴金、冰心先生的呼吁，国家主席江泽民从战略的角度做了多次批示，国家计委为新馆立了项，决定在北京兴建2.4万平方米新馆舍，其中第一期工程为1万平方米，两年内完工。新馆舍占地46亩，设计成环境幽雅、设备现代化、园林式殿堂。它包括档案馆、图书馆、博物馆、研究馆及办公设施等五大部分。新馆里"作家文库"将扩充为150座，将有电脑检索、缩微读物、作家照片资料数据库，而且可以和各大创作中心实行微机联网。

文学馆的经济状况虽然相当窘迫，但靠着国家的支持、作家的捐赠和文学馆自己的努力，三股劲儿拧在一起，短短十几年，藏品超过26万件。还是巴金先生说得对:"我相信中国现代文学是一股强大的力量,文学馆的存在和发展就证明这个现实。"

巴金先生爱做梦,还常有噩梦出现。不过,梦见文学馆的时候,却是喜上眉梢的。他常梦见文学馆,梦见他几次站在文学馆门前,看见人们有说有笑地进进出出。他在《真话集》中写道:

"醒来时我还把梦境当成现实,一个人在床上微笑。"

中国现代文学是很强的,它不弱于世上任何事,中国现代文学馆的存在和新馆的兴建,光荣地证明了这一点。

(原载1996年12月16日《文艺报》)

"九绝"

九绝，九件宝贝，中国现代文学馆的。

不是指它的内存藏品，而是指装点它的外部饰物，有如女孩戴的耳环呀项链呀什么的，或者，更大一些的如帽子、披肩一类的。一个好的博物馆除了自身功能和藏品，不能没有艺术。

这九件宝贝，个个精彩，个个别出心裁，个个令人叫绝，所以，被誉为"九绝"。

一绝：巨石影壁

按照中国人的习惯，在大宅子的门口要有影壁，不能毫无遮拦，不能一眼望穿，不能一览无余。其实，其用意倒很现代：保护隐私。过去，即使没有影壁，也要设立三

中国现代文学馆巨石影壁

个大门，中间那个一般情况下不开，起影壁的作用，只是到了皇帝本人出行或者什么大典的情况下才打开。

文学馆门口要放一个影壁，追求民族风格。

不过不是砖的，也不是木头的，是石头的，而且是一块完整的大石头。这，就有了气派。

想想，一整块，天然的造型，浑然一体，直接蹾在地上，50吨重！何等地凝重，何等地庄严。

这样的巨石要到山东去拉。山东莱州，古称叶县，盛产石材，尤以樱花石为佳。专程到那里去劈山取材，完整地切一块来，长方形，八公尺长，两公尺半高，厚一公尺，约50吨重，用多轮的巨型运输汽车运来，好在山东境内道路特别好，又有现代化吊装设备配合，倒不难。

在石头顶部，啪，啪，啪，刻意砍掉一些，削成山状，追求残缺美，像篆刻印章的"打边儿"。阳光一照，山峦叠起，见棱见角，有亮点，有阴影，很有层次，非常自然，不露人工雕琢的痕迹，十分大气。

在迎街的正面，并不刻馆名，刻馆名容易落俗套，找一段巴金老人的话刻上，岂不更好。

这段话是：

> 我们有一个多么丰富的文学宝库，那就是多少作家留下来的杰作，它们支持我们，教育我们，鼓励我们，使自己变得更善良，更纯洁，对别人更有用。

背面，也找一段巴老的话刻上：

> 我们的新文学是表现我国人民心灵的丰富矿藏，是塑造青年灵魂的工厂，是培养革命战士的学校。我们的新文学是散播火种的文学，我们从它得到温暖，也把火种传给别人。

多么漂亮的两段话！又美又有哲理，而且"点了题"，把新文学的使命交代得清清楚楚。

石影壁上的每个字有饭碗一般大小，竖行，略带魏碑味儿，阴文。

重要的是，字体不涂金，不着色，就靠自身的深浅，和光线的强弱反衬。山东石材有个特点，人工打磨之后色深，不人工打磨的色浅。有字的石材表面事先打磨一下，呈粉色，字体本身经雕刻，下凹，现出石头本色，呈浅灰色，正好有反差。

这样的安排，格外自然，看着亲切，念了感动。

第一印象很重要，因为巨石是临街的，可以驻足细看。

它有诗一般的意境和震撼力度。

二绝：四个馆名题字

馆名既然不刻在影壁上，就要安排在墙体上。

文学馆曾请三位文学巨匠题名：叶圣陶、冰心、巴金。

在新馆建设中，江泽民主席又为新馆题写了馆名。

共有四个题名，文字一样，字体不同。

江主席的题名安排在两个主厅的入口上方，呈匾额状。三位老人的题名分别安排在主体建筑的三面墙体上，东、北、西三面，一面一个，直接刻在墙面白色大理石上，白底黑字，有署名，有红印，高高在上。

冰心题字的馆名

可以转着圈地看，倒也别致。
如此安排不多见。因此，多着一种观赏的成分了。

三绝："百花齐放"浮雕

文学馆的外墙做得极讲究，用新疆北部开采出来的红花岗岩石板，抛光后干挂，整体呈酱红色。窗框是用白色大理石镶边的。这一红一白，很耀眼，很漂亮。这种色调搭配具有强烈的民族传统风格，但由于工艺和材料都很现代，一眼看去，和天安门、故宫、太庙的墙面又有很大的区别，显示了时代的轨迹。

整体墙面干挂酱红色花岗岩板近看效果尤其好，因为极其华丽，石材的细部晶间斑纹尽收眼底，显得生动活泼，天然有趣。但是，远看效果往往不佳，过于单调，呆板，恰似大红布一块。

在文学馆的墙体装饰设计里用三个措施打破这种单一性：一是如前所述，用白色大理石条镶包窗框；二是每隔几十公分横拉一条二指宽的毛边，远看，有条纹相间，破除板块单一效应；三是加设浮雕块。

窗间有百花齐放

河北曲阳县有一种叫"草白玉"的石材，较之汉白玉更耐酸耐雨，以它为原料，打成80公分×80公分方料，选郭沫若先生著名诗集《百花齐放》上的插图木刻图案为蓝本，雕成浮雕。当时，郭老写了100首诗。十多位国内最有影响的大木刻家为他刻了100幅木刻插图，对象是100种花。这组作品精美绝伦，是木刻中的上品，堪称传世之作。经过选择、简化、放大，雕成浮雕。将近百种花卉浮雕，置于墙头，环楼而立，同时开放，岂不是真正的百花齐放嘛。

"百花齐放、百家争鸣"方针至今仍是我国文艺的最高指导方针。将《百花齐放》图案移至文学馆的外墙面上，其寓意不言自明，不失为一种形式和内容高度统一的追求，细心的观众或许能看出装饰后面隐藏的深刻含义来。它是一个含蓄而典雅的装点。

四绝：巴金手印门把

注意细节，往往，是最重要的事。

门把，是个细节，有定型产品，有豪华的，有普通的，有昂贵的，也有廉价的，买一个来，装上就是了。但统统不要，自己发明一个，这叫别出心裁；必要时，不仅值得，而且必需。全因为，门把是每个走进文学馆的观众和读者首先接触到的东西,而且是绕不过去的,必须和它接触了之后才能进来,才见其重要。对这个细节就必须小心了。

文学馆便自己"发明"了一个。

馆方约请雕刻家到杭州去,拜访巴老,按他的手型翻一个石膏模,再设计成一个长方形的铜铸件,正中是巴老的手印,连他手掌上的纹路都清晰可见,旁边有一个他的印章。再设计一套结构件,装在每一扇进出文学馆的玻璃大门上,成为文学馆一景。

巴老的手不大,甚至可以说,是小而纤细的那种,因年迈而伸不太直,更显文人气。这只手写出了几十卷的著作,译出了几十本的外文书,写下了《家》和《随想录》,这只手妇孺皆知,这只手闻名天下,这只手引来无尽的兴奋和感慨,人人都要去轻轻摸它一下,推着它进门。

巴金手印

也许，此刻，从接触这特殊的门把的一刹那开始，人们便开始激动了，跟随大师走进一座神圣的文学殿堂。

五绝：彩色玻璃镶嵌壁画

在西洋教堂中，彩色玻璃镶嵌窗户是必不可少的装饰，它们优雅灿烂，它们光彩夺目，它们庄重高贵，和教堂的气氛十分协调。这种装饰后来渐渐被引入世俗的建筑中，成为一种特殊的艺术门类。

在美国得克萨斯州威科城贝勒大学中，有一座相当大而精美的博物馆，叫勃朗宁博物馆，是专门为纪念英国大诗人勃朗宁而建立的。它有十几扇玻璃窗，竟是由彩色玻璃镶嵌画所组成，而且是有情节的连环组画，描写的是勃朗宁和夫人之间的忠贞爱情故事。这些美丽的大窗户十分惊人，能给人留下终生难忘的印象。它很有启发性。

文学馆大堂迎面有两扇大玻璃墙，左右分立在大门的两侧，每侧有14公尺长，3.6公尺高。何不用来搞大型彩色玻璃嵌壁画。

文学馆请来了画家叶武林，让他设计画面，要求画面是通体的，不留间隔，相当于做两幅14公尺×3.6公尺整幅的玻璃大画，这和狭而高的教堂窗户有很大的不同。

画面上占据圣母玛丽亚位置的将是中国现代文学作品的人物形象。经过和画家反复探讨，决定选"鲁、郭、茅、巴、老、曹"六大文学巨匠的各一部代表作内容来作画。它们是鲁迅的《祝福》、郭沫若的《女神》、茅盾的《白杨礼赞》、巴金的《家》、老舍的《茶馆》和曹禺的《原野》。这六组画各自有一幅主画，两幅副画和六幅背景画。六组彼此相连，形成两堵巨大的画墙，逆光看去，五光十色，十分抢眼。

　　鉴于玻璃镶嵌壁画的幅面过大，在制作工艺上遇到很大困难。经过仔细对比和评选，决定请北京玻璃研究院来试制。他们克服了设计和制作上的难题，决定用"三明治"结构和分格组装的办法完成制作。

　　最后统计下来，共用了五十种不同颜色的彩色玻璃，切成形状各异的块块，总数为二万四千余块，用金属条包边，彼此焊接相连，组成画面。

　　于是，国内幅面最大，由内容到结构都有创新的大型彩色玻璃镶嵌壁画就此诞生。它斑斓，它耀眼，它宏伟，它新颖，它给人惊喜，它是第一个。

六绝：作家签名瓷瓶

文学馆大堂里有一对巨大的青花瓷瓶，上面有5000余名中国作家协会会员的签名。

大瓷瓶有三公尺半高，各重一吨多，是在景德镇烧的，每一炉只烧一枚，在烧制过程中，由于难于控制，烧毁了若干枚。

作家名字按汉语拼音的顺序排列，相当好找。观众可以很容易地找到自己喜爱的作家的名字。

瓶上花纹的设计者是新加坡著名艺术家陈瑞献先生，他是取《诗经》上的典故绘制的，但画法相当现代。

瓷瓶由青岛华夏文化艺术传播中心的杨志鹏先生出资烧制，他还承担了搜集作家签名的全部工作。最后，由他和他的公司出面捐献给了文学馆。

作家签名大瓷瓶

七绝：大油画

在所有的文学艺术品中，大油画是费力最大的，质量也是最好的。

当初，在文学馆的建筑设计中有一个特殊的要求，那就是要为大壁画留两扇墙。此处的墙不准开窗，房屋要留顶光。为此，设计师被要求专门设计一个过厅，称之为油画厅。

油画厅相当大，左右两扇墙各有18公尺长。两幅油画的外尺寸是18公尺×2.8公尺。油画总面积为100平方公尺，相当于一个巨型长轴。中国画的长轴方式在油画里找到了移植的对象。

文学馆找到了两位非常合适的画家来从事壁画的创作，他们都是油画家，是同学，早年也是中央美术学院的高才生，现在岁数在五十多，他们已经有很好的艺术业绩。他们的名字是阎振铎和叶武林。他们的可贵之处在于他们对事业的严肃认真，有创作力，善于思考。

两位画家关起门来，"恶补"了半年中国现代文学作品，他们受命创作两幅以中国现代文学作品为题材的大油画。

选择了两个主题：一个是中国现代文学名著中的"受难者"，另一个则是"反抗者"。不妨用画绣像画的办法将典型的受难者和反抗者有机地安排在画面中。纵观中国现代文学，伟大启蒙者们是从描写人间悲剧开始的，那便是受难；由受难，自然延伸到批判，包括思想的批判和行动的批判，那便是反抗。所以一幅是"受难者"，另一幅是"反抗者"便顺理成章了。

画家们决定将埃及的彩色浮雕、敦煌的绿黄色基调和现代的叠加技术调和在一起，大胆地在浮雕上面和实际的时代背景材料上面，包括那些照片、报纸、杂志上面画油画，他们在表现手法上显示了很大的创新力度。

他们画了整整一年半，各自带了三个助手。没有星期日，也没有节假日，关在一间租来的大厂房里，埋头苦画。

他们成功了。画面搬到新馆过厅之后，经过组装和最后润色，受到了前来观看的专家们的一致称赞，以为是一件难得的真正表现时代旋律的大作品。

在当今的中国壁画中，它被誉为现代壁画的第二个里程碑。

八绝：作家雕像

可以和大油画相媲美的，是雕刻作品。

文学馆园林中立着13尊作家雕像，尺寸皆真人大小，但可以是全身，也可以只是一张脸；有铜的，有大理石的，还有铁质的；可以是立体的，也可以是浮雕的；多数直接立在草地上，像生活中的普通人一样。他们是鲁迅、郭沫若、茅盾、巴金、老舍、曹禺、叶圣陶、冰心、沈从文、朱自清、丁玲、艾青和赵树理。请了11位著名的雕刻家来创作，其中绝大部分来自中央美术学院雕刻系和雕刻创作室，他们的名字是熊秉明（法籍）、钱绍武、王克庆、曹春生、张得蒂、张德华、孙家钵、隋建国、李象群、孙锡麟、段海康。

其实，雕刻过程本身是极有趣的，充满了传奇情节，可以讲一车故事。

文学馆只向雕刻家提了两个不寻常的要求：一是不限时，慢慢做，不着急，慢工出细活，小样给半年时间去想，可以反复地出样品；二是不要"标准"像，不追求"形似"，只要"神似"，当作一件真正的艺术品去做。总之，给艺术家们充分的创作自由，不施加任何的行政干预。

雕刻家们喜欢，也珍视这种宽松的创作环境，他们认为机会难得，干得很出色。难的是出构思。在出构思上，文学馆和艺术家们采取了合作的、探讨的、一点一点磨合的方式。大家追求的依然是一个"奇"字，一件好活必须是遵循"出奇制胜"原则的。扎实的基本功配上奇妙的构思，百分之九十的成功已经到手。

熊秉明先生的《鲁迅》有两公尺高，只有一张脸，而且半边脸上什么也没有，没有眉，没有眼，平平的，另一边脸上有一条眉一只眼，鼻子下面是一把胡子，再也没其他了，但整体看，活脱儿一个鲁迅先生。绝了。手法非常现代。熊先生三次由巴黎飞来北京，冒着酷暑，拿着焊枪，亲自切割，亲自焊接，83岁了！钢板的锈色和焊缝的斑驳，将鲁迅先生的刚毅、厚重和苍劲表达得淋漓尽致。杨振宁博士由美国来，围着《鲁迅》雕像看了整整15分钟，以为是一件了不起的杰作。

孙家钵教授雕的《老舍先生》和《赵树理先生》铜像都极为放松、舒展、自然，仿佛一点张力都没有，完全是"懈"的，在恰似无形的天然中给人以巨大的震撼。

《老舍先生》《曹禺先生》《叶圣陶先生》虽是由三位雕刻家分头雕，但三尊作家雕像却是有机的一组：两位老者坐在椅子上对谈，曹禺站在椅后饶有兴致地听。靠背长椅也是铜的。

叶圣陶、曹禺、老舍雕像（从左至右）

赵树理背着手走路，手中拎着一顶软帽，牵着一头驴，驴上侧身坐着一个小姑娘——《小二黑结婚》中的女主人公小芹。仔细看，赵树理的制服口袋里一边揣着半个窝窝头，一边插着一支老式的钢笔。

王克庆教授雕的《朱自清》是个青铜坐像。像的摆法很特殊：背后是林间小道，行人先看到"背影"，雕刻前面的草地上有一尊用白色大理石雕的"荷花和荷叶"小品，再前面，是池塘，取意《荷塘月色》，构思极其巧妙。

李象群的《巴金先生》按高莽先生的国画《一个小老头，名字叫巴金》的意境，看似漫不经心和随便，却传递了一个深刻的哲理，难怪吴冠中先生绕像三圈细看之后感叹道："哦，伟大的作品，原来是最普通的人写出来的啊！"

13尊作家雕像展出后，有一天，靳尚谊教授和詹建俊教授前来观看，靳教授说了这么一句话："这是我们这帮家伙最好的作品。"他认为这是国内第一流的人像雕刻。

如果说大油画是一组长诗，那么，这13尊雕刻，就是13首短诗，因为它个个是"热"的，它含着激情，迸着火花，非常抒情，又饱含智慧。

九绝：奇石"逗号"

在文学馆东门内小广场上，在两列罗马柱廊中央，应该有一尊文学馆的主体雕刻。可惜，赋予它的使命太沉重，无法实现，只得作罢。没有办法，想到中国的赏石玩石传统，决定到深山野林中去选石。

功夫不负有心人。竟然在房山境内找到一块奇石。体积巨大，像一尾展开的孔雀屏，中心有一个溜溜圆的孔，透空，而且连着一个缺角，是一个逗号！

中国古典文学没有任何标点符号。逗号，是现代。

逗号，没有完结，一直延续到当代。哇，天然的一个文学馆馆徽。巨大的，天生的，奇巧的，馆徽。

后来，经过细心设计，清华工艺美术学院的马泉先生果然将逗号设计成一个小巧的文学馆徽章。经过评比以高票获得认可。做出来后姑娘们甚至可以把它们当作耳环戴，男士们把它别在胸前，简单而醒目，极为可爱。

九绝的故事叙述完了，但是九绝的话题并没有结束。

九绝，是个象征的说法，因为文学馆不只有九绝，除了藏品展品之外，它还有不少宝贝，它们装点文学馆，打扮文学馆，美化文学馆，能构成十绝，十一绝……

九绝，本身也是象征，因为看了它们，也就大概能知道文学馆的特点了。

九绝，是序曲，因为它们不是游离的，而是文学馆不可分割的一部分，是第一乐章，是引子，是点题的总序。

九绝，特别是那些画，那些雕像，传递的是历史的沉重感和浓郁的时代战斗气息，让人刚一进门就能体会到"血和泪的文学"的沉淀、博大和辉煌，而先受了感动。

九绝，通过艺术的感染力，能提高人们的精神境界，仿佛给了你一块高高的垫脚石，眼界高了，眼光远了，心境纯了。所以，九绝是诗，是歌，是舞，将你引入一个美丽的文学圣殿。

作家肖像画廊

文学馆还有一个独一无二的东西，很有特色。它可算是一座作家肖像画廊！

提起这座作家肖像画廊，首先要感谢两位好心的画家：一位是作家、翻译家兼画家高莽先生，另一位是画家王晖先生。这二位称得上是这座作家肖像画廊的奠基人。由于职业的关系，这两位都和文学结下了不解之缘。

高莽早年任职于作家协会，担任翻译，结识了许多大作家，有国内的也有国外的，不光是结识，组团出国访问时，简直就是那些大作家的秘书，能在极近的距离观察他们、了解他们。偏巧高莽又极善于素描，没事的时候，就躲在一旁对着他们速写。画完了，还要请他们提意见，再画再改，直至满意为止，最后请作家签上大名。不知不觉竟积累了上百位作家的速写像，成了独一门的珍贵资料。后来，在这些速写的基础上，高莽又开始画大幅的作家肖像。天长日久，画了50多位，居然可以办一个专门的当代作家肖像画展。

文学馆开馆以后，高莽响应巴金先生的号召，一股脑儿把这50多幅中国作家肖像画都赠给了文学馆。而且自己掏腰包，全部装裱好，白送！

高莽的作家肖像画有一个特点，除了他自己的签名之外，上面还有作家本人的题诗或题词，加上作家的签名，有画有文，图文并茂，很有看头。这50多幅肖像画可以轮流地挂在墙上，平柜中还可以轮流展出四五十位作家速写像，此两者一块儿出台，已是洋洋大观的名副其实的作家肖像画廊了。

王晖先生比高莽先生年轻一些，在北京出版社任职，是文学书籍美术插图作者和著名的装帧家，曾多次获奖。他既爱画工笔重彩的传统绣像画，又爱作油画。文学馆开馆后，他主动提出要为几位中国当代大文豪画巨幅油画肖像。他先后花了大量时间完成了两幅大像，一幅叫《心的激流》，是巴金先生像；另一幅叫《海的女儿》，是冰心先生像，都很惊人。这两幅巨像的出笼时间都正好赶上巴老和谢老文学创作生平展览开幕的日子，便分别作了两个展览会的主像，立在展览厅的入口处，成了文学巨匠无数崇拜者留影的最佳背景。

后来，这两幅大油画也成了文学馆作家肖像画廊的常年展品，不少海外作家早闻其名，进门便点名要一瞻此两幅画的风采，当然少不了都要站在像前来个纪念"合影"。王晖先生也和高莽先生一样，连又厚又沉的大油画框子都是自备的，不收分文工本费，也不要画酬。他们说这全是受了巴金先生、冰心先生和老一辈新文学运动大将的感染，挚爱这个事业，只想为它尽自己的力。

眼下，文学馆的作家肖像画廊正在逐步得到扩充，詹建俊先生画的老舍像、张得蒂先生雕的丁玲胸像，刘宇一先生画的萧三像也都加入了展出行列。

高莽先生和王晖先生更是念念不忘他们开创的这个画廊。高莽先生趁着举办萧乾文学展览和阳翰笙文学展览的机会，又陆续送来两大幅萧先生和阳翰老的肖像。他说他认定了这条路，要坚定地走下去，因为越走越其乐无穷。王晖先生甚至连画的日常保护也包了下来，常常抽空跑来文学馆，指导怎么做画面的防老化和防霉处理。

当人们站在巴金先生画像前，我想大概都会感激这画廊的启迪的。

为作家录像

现代文学馆的录像队和作家录像带库是一绝,因为只有它有。

鲁迅先生活着的时候,技术还没有这么发达,以至他老先生连一寸电影胶片也没有留下来,人们无法看到鲁迅先生活动的状态;要看也只能看照片。

文学馆成立的时候,电影技术已很发达,录像技术也相当普及了,于是国家财政部专门拨款给文学馆购置了一套录像设备,包括录音配音棚里的后期制作专用设备,为的是给作家们录像。这个业务项目,从一开始就受到了广大作家的欢迎,也受到外国文学馆同行的交口称赞,以为是大可借鉴的。

文学馆为作家录像采用的是跟踪的办法,也就是说是逐步积累方式。认定了几十位老作家之后,只要他们有重大的文学活动,都要想办法跟踪拍摄,一点一点积累,等资料累积到一定程度之后,再分别剪辑成一个个专集。这样的专集极富史料价值。

用这种办法给作家录像，要有一支专门的队伍，要准备许多盘录像带，因为在没剪辑前，原始母带都必须保留，不能反复使用。一位知名作家的录像母带往往多达几十盘之多，需要一个专门的库房去储存。

眼下，文学馆的作家录像带库里已有百位作家的录像资料了，这是绝无仅有的。有不少录过像的老作家过世后，要想看他们的录像记录只能去文学馆找了。

有相当多高龄的作家，在文学馆为他们录像之前，从来没有人去为他们录过像；对这些作家而言，文学馆的录像是唯一的。

录像的内容相当广泛，有重大文学集会的，有文学展览的，有作品讨论会的，有颁奖会的，有记录访问的，包括请作家自己谈身世，谈创作经过，也包括记录作家怎样写作，怎样走路，怎样锻炼身体，怎样会友，怎样种花，怎样和家人娱乐……总之，从各个侧面去拍，拍出一个生活中的立体和实体来，带着尽可能多的真实细节。

著名作家沙汀先生去世之后，人们在文学馆作家录像带库里找到四次电视拍摄记录。一次是80年代中期在沙老北京家中采访他，全面地记录了沙老的生活习性，包括他怎么笑，怎么伏案写字，构思的时候是什么神采，他的坐姿、走姿、手势、穿戴等。第二次是随沙老分别去冰心先生家和吴组缃先生家中做客。这次跟踪录像十分难得：一是三人年事已高都不大出门了，相聚不易，是机遇难得；二是三人友谊很深，老友相见，有提不完的问题要问，有讨论不完的话题要交流，非常感人，是气氛难得。第三次是沙老双目失明后，他决定返回老家四川去，在他动身的前夕，他有一串事和话要向文学馆交代，有大批手稿要交给文学馆保存。这一次录像队把沙老的北京住宅的各个角落都拍了下来，大家都估计到了，沙老此次西去大概很难再回到这个家了。第四次则是真正的惜别了，地点是在北京机场的休息室里，沙老向每位送行者一一道别，握手称谢。这次录像距沙老病逝不到一年，是他的最后的影像了。

等文学馆有足够的财力后，一定要把这些珍贵的作家录像都转录到激光视盘中去，永久保留，一寸也不丢；而且要出差到全国各地，把各地有代表性的作家都拍录下来。

发生在建设新馆的日子

巴金的雕像

新馆打算做13尊作家的雕像。

过去的雕像大都是纪念碑式的雕像,很大的基座,高高的。而作家都是普通的人,不是领袖式的人物,也不是圣人,最好是和老百姓、读者站在一起。于是,我们和雕塑家说,你们最好把大作家都雕成普通人的样子,不要很大很大,一比一。让他们直接站在草地上,或者坐在草地的椅子上。

有一位40来岁的雕塑家李象群,负责雕刻沈从文和巴金。他提出要求,要我们的馆员陪他去南方见见巴老,看看他长什么样子,拍几张照片,速写一下,听听他如何说话。我们专门派了一位馆员同他去见巴老。回来后,他非常兴奋,立刻做了一个小样。但是,一见小样,我们就乐了，他做成了一个林肯、一个毛泽东在纪念堂里的样子。我们说，这可不是巴老。他问：巴老应该是什么样子？显然，他的理解有问题，他把巴老当成一个神，他是仰着脸来看巴老的。我们告诉他，你最好雕成一个小老头。因为我们曾经看到过高莽先生给巴老画的一张国画，就是一个小老头，手插在兜里在散步。巴老非常喜欢这张国画，就在上面写了几个毛笔字，巴老是很少写毛笔字的。他是这样写的："一个小老头，名字叫巴金。"我们就根据这幅画，建议他雕一个很随便的巴老。老年的，闭着眼睛，头发滋着，衣服穿得很随便，斗斗着脚，腿弯弯地在散步，在沉思，在想《随想录》。

　　他立马又做了一个小样，我们一看觉得对，就建议他放大。他就在他的工作室里放大，我们不断去看。他的很多同行也去看，看完就说：难道雕刻可以这样做吗？有一些雕塑家做惯了标准像，他们有很深的基本功，骨骼啊、肌肉啊，你给他一个正面的、侧面的照片，他可以搞得非常像。也许城市雕刻要经过层层审查的关系，最后的标准就只剩下像不像了，所以，成品往往就成了一个和照片没什么区别的标准像，谈不上是一个艺术品。但是他的同行们走的时候都跷大拇哥，说：真棒！他们的艺术良知还是使得他们认可这样的东西。为什么呢？因为这是一个真正的艺术品。之所以是一个真正的艺术品，是因为它有一些形式美，有一些形式上的追求，有一些艺术上的独创。雕

44

像成功了，就立在院子里，好像巴老在散步。吴冠中先生来看这个雕像，他围着雕像转了三圈，仔细地看。看完后，说了一句特别有哲理的话：啊，原来伟大的作品是最普通的人写出来的！

这是一个非常好的故事。好在什么地方呢？我们的雕塑家由于受到许多长官意识的约束，往往失去了艺术想象的条件，搞得非常拘谨，丧失了做艺术品的机会。现在有了一个开放的、良好的创作环境，使得艺术家有了比较大的空间，来发挥自己的聪明才智，去做一个真正的类似罗

巴金雕像

丹的《思想者》，或者罗丹的披着睡衣的巴尔扎克那种自然的、独特的、有艺术魅力的、能够长久流传下来的艺术品。

唐弢的藏书

　　现代文学馆的整个建设过程受到作家们极大的关注。

　　有一天，唐弢的夫人和子女来找我们，谈唐弢藏书的细目。唐弢是中国现代文学藏书的第一家，他有非常丰富的中国现代文学资料，他把一辈子的积蓄都用来收集、购置中国现代文学资料。我们非常重视他的这一份资料财产。巴金先生曾经对我们说，无论如何要想办法把唐弢的藏书放在现代文学馆里，他甚至形象地说：有了唐弢的书，就有了中国现代文学馆的一半资料。经过了两个多月的酝酿，经过作家协会的讨论研究，决定接收唐弢的藏书，在中国现代文学馆里建一个专门的文库，就叫唐弢文库，是现代文学馆里国家级的中国现代文学的个人专业藏书库。我们差不多又用了两个月的时间去接收这些东西——登记、录入电脑，最后统计大概是15000册杂志，35000册图书，其中很多是1949年以前的资料，有相当多是孤本。解放前的杂志，有1000本之多，非常有学术价值。

　　在集书的过程中，我们听到唐弢的家属讲唐弢藏书的故事。

有一天，唐弢的小儿子从楼里出来，见他坐在马路旁，身边放着两捆书。他正没辙把书运到楼里去，因为他下了公共汽车以后，用手杖当扁担，一边挑一捆。哪知书太沉，手杖折了，他拎不动，只好坐在那儿，仰天长叹。他小儿子立刻帮他把书运回了家。我们听了非常感动。像唐弢这样爱书如命，把全部财力和精力都用在收集资料上的人实在是可爱，我们正是站在这些资料巨人的肩膀上。我们只有完成他们的遗志，收藏、保管、利用好这些资料，才不辜负他们的心血。为了表彰唐弢先生，我们专门给他立了一个雕像，摆放在非常醒目的检索室旁。我们还在中央美术学院找到了1957年一位苏联雕刻家H.H.克林都霍夫雕的唐弢胸像的原件，唐弢自己在胸像的基座上签了名，雕刻家用俄文签了名，后面写着"57"。雕像非常传神，我们用玻璃罩子把它罩了起来，加了两段文字说明，用这种办法来纪念这位伟大的藏书家。当然，唐弢不仅是藏书家，他还是著名的杂文家、散文家、文学史家和鲁迅研究家。

我们国家这样的藏书家还有很多。比如：周扬逝世以后，他的夫人苏灵扬也在一年之内去世。他们留下了遗嘱，把全部藏书和文物都捐献给中国现代文学馆，并指定了遗嘱执行人——冯牧和荒煤。我们在两个遗嘱执行人的监督之下接收了周扬的藏书和文物，而且连他的书架子一块儿，扛回了三十几架子、13600册书，还有一柜子老唱片和几柜子画册。都搬走以后，我们发现，周扬的家里，四壁空空。他完全是一个学者，虽然，他在很长时间里担任着中国文艺界的领导人和组织者，但是他只生活在书当中，没有其他的个人财产，他的生活很简单，除了工作就是书，而且极其廉洁。像这样的共产党员，是值得大家尊敬的。

萧军文库

萧军去世以后埋在北京的万安公墓。他生前用的东西被他们老家人拿走了，他的故乡辽宁专门建了一座三层楼的"萧军纪念馆"。几年以后，他的夫人王德芬和子女萧明、萧云来找我们，说是在故乡给他建纪念馆固然很好，可是去的人太少。他们愿意把北京可以捐的萧军的文物全部送到现代文学馆，建立一个萧军文库。结果萧军的文物分批分期送到了馆里。其中有很多东西，非常能体现萧军的性格。今年的清明节，他的夫人带着子女来到文学馆，在他的文库前献上了一束玫瑰花，旁边的人看了由衷地感动。

萧军文库只有六平方米，塞进了上百件文物，包括他那张硕大无比的书桌，书桌上有他非常喜欢的鲁迅先生的肖像和一幅萧军本人的画像，靠背椅上挂着一件深绿色的长长的毛衣，好像萧军刚刚起身离去一样。墙壁的一角挂了一张特别大的古琴，古琴的后面是萧军自己写的一段话，描述了古琴的来历，原来是1975年萧云用两块五毛钱在市场上买回来的，萧军看了，立刻给它取了个名字，叫"惊鸿"，还题写了一首律诗，都刻在琴的后面。

像这样，馆里收的每一件东西都有一个故事，或许这个故事更感人，不光是介绍了这些大文人在中国文学史上的地位、作用、成就，而且把他们一个个鲜明地展现在读者面前，拉近了读者和作家间的距离，使人产生一种心灵上的震动，在不知不觉当中，受到很大的启发。

（原载《北京观察》，2000年第6期）

巴金和现代文学馆

　　巴金先生近15年有四件大事：一是写《随想录》，二是编《巴金全集》，三是建立中国现代文学馆，四是倡议建立"文革"博物馆。前两件已经完成，后一件没有实现，介于两类之间的是中国现代文学馆，它已经克服重重困难，建馆开放，但举步仍还艰难。

　　建立中国现代文学馆是直至目前为止，让巴金先生操心最多，下力气最多，也寄希望最多的一件事。

　　巴老为什么要倡议建文学馆呢？

　　"文革"否定了过去，否定了作家，否定了文学，把文学园地变成了沙漠。"文革"过去了，巴金先生醒来得最早，他有气，他满腔愤怒，他要来一个否定的否定，他要把"文革"否定的东西捡起来，"文学是民族和人类的财产，它是谁也垄断不了的，是谁也毁灭不了的"。他要证明：我们的祖先还是留下了一些十分值得重视的遗产，五四运动以来的现代文学并不全是废品，并不全是"四旧"，几十年成百上千名作家所创作的精神产品并非全是毒草。他要证明：中华民族，像任何民族一样，有自己光辉的历史。"毁弃过去的资料，不承认自己的祖宗，这是愚蠢而徒劳的。"巴老在1979年便萌生了建立中国现代文学馆的思想，他在1980年把这个思想写进自己的《文学回忆录》，并发表于1981年初。他要让更多的人相信，我们需要加强我们的民族自豪感，提高对我们民族精神的认识，认识我们的文学，认识中国人民的心灵美。

他说："我们有一个丰富的矿藏，为什么不建设起来好好地开采呢？"

巴老要用中国现代文学馆为搞文学工作的人正名，他们不是白吃饭的，不是似乎不曾做过一件好事，不必一风吹草动，就必须有人给叫出来受批挨训，弄得人心惶惶，大家紧张。不，不是这样，中国现代文学馆将集中展示70多年来的现代文学对革命对人民做出的伟大的贡献。

巴老对中国现代文学馆寄予厚望，以为它有保存资料的功能，展示的功能，研究的功能，教育的功能，交流的功能，甚至有旅游的功能。

巴老为建立中国现代文学馆做了四个方面的具体工作：

一、写文章，写信，发号召，作鼓动。据不完全统计，专门的文章他先后写了六篇，有关的信件写了60封。

二、拿出了15万元稿费作开办费，以后又捐出了全部重版稿费，合计20万元以上，还捐出了他得到的《随想录》日文版稿费，以及获得的奖金300万日元。

三、先后十批捐献图书、杂志、手稿、书信、照片、文物，共计7660件。其中不乏极为珍贵的文学文物。譬如，1993年巴老先后两次共赠送了5件宝贝，有1935年开明第四版《家》，是开明第五版的底本，上面布满了修改的笔迹，多达256页，也是一种手稿；同时书中还有整整十页写作自用备忘录，是巴金先生为理顺自己的思路留下的辅助笔记。其中有觉新年谱，有成都老家的草图，有行"飞花酒令"时的座次图，有五份人物关系表，分大排行和分排行两种，有《家》的修改次数的统计等。这本《家》是集文学、手稿学、版本学、档案学于一身的"百宝本"，是一份极为重要的文献，对了解巴金，了解《家》都很有用，任何一位研究巴金的学者都应该看看这本书，而且由256页的大量修改，完全可以引出一篇极精彩的学术论文来。还有一件宝，也是去年送来的，是《海行》初稿手稿，写于1927年1月至10月，比《灭亡》还早十个月。巴金先生自己非常珍视这份手稿，捐出时亲自写了三份说明，郑重其事，隆重之极。因为这里面有着太多的情：它是巴金先生在法国写完的旅行笔记，是写给他大哥看的。大哥自杀之后，删去了尾部发表，后来叫《海行杂记》，现在发现的正是那被删去的尾部手稿，在一个硬壳笔记本里，距今（1994年）已整整67年了。大概是巴金先生保留下来的最早的手稿了。

四、巴金先生上书江泽民总书记，恳求为文学馆建一座新馆，江总书记作了批复，说："世界无论哪个文明国家，总是要拿点钱出来支持文艺工作的，务请予以继续支持。"国家计委根据这个批示，已同意立项，投资9600万元，在北京建设新馆。目前已在亚运村正东方，打了地桩七根，占地36亩，正在请北京建筑设计研究院进行设计。

由于巴金先生作了如此巨大的推动，目前，文学馆已有各种文学藏品247453件，可谓初具规模。并且按巴老"做实事"的要求，已经开展了不少工作，被台湾文学界称为"中共文化工作的一个抽样"，以为是可以效仿的榜样。巴金先生希望全国各地将来都成立文学馆分馆。目前，台湾当局已决定在台南市成立类似的"中国现代文学资料馆"，香港也要成立"香港文学馆"。

虽然，眼下文学馆的日常经费窘得不能再窘，但是，有巴金先生、冰心先生、罗荪先生、萧乾先生做名誉馆长和顾问，有全国文学工作者一致的帮助和支持，文学馆将克服困难，坚持走下去。

巴金先生的赠书

巴金先生倡议建立中国现代文学馆以来，先后八次赠书给文学馆，总数已达7655册。这些书现在放在馆内的"巴金文库"中，是文学馆的镇馆之宝。

巴金先生的藏书极丰，家中大概有40柜之多。他赠给文学馆的仅是其中的中国现代文学部分。所赠前六批书，都是经他自己挑选，自己由书柜中取下，自己包装，自己写地址。他的认真，他的细致，和他的为人，都在这劳碌之中了。

在这些赠书中，最珍贵的是有巴金先生手写题词的。有的题词本身就是一部传奇。

譬如，在一本巴金先生1934年著的《旅途随笔》上，就先后有五段手写题词，构成了一个曲折有趣的故事。

第一段题词是"赠彼岸同志　巴金"，这是巴金先生于该书出版之后为赠友而写的，时间当在1935年。

第二段是彼岸写的，他将此书又转赠给了自己的女儿。书上有一段向女儿介绍该书作者的题词：

  巴金同志著有小说极多（除单行本外，国内各著名杂志时有刊载），你有读过没有？现检出他最近寄赠我的《旅途随笔》寄你。

  他系四川人；今年才二十多岁；曾留学法国多年；为人富于情感，他与六叔时时见面的，你将来若与六叔回信，可时时请教他了。

莞英疲一九三五·九·六

过了很久，这本书流落于书肆，恰被李小林发现，买回。巴金先生颇有感慨，提笔写了第三段题词：

  我送给彼岸老人的书，四十五年后又回到我的手边，是小林在旧书店买回来的。

金　八〇年

文学馆落成之后，巴金先生将这本书寄赠给了文学馆，并题词两段：

赠中国现代文学馆

巴金

  彼岸老人姓郑，莞英是他的女儿，"六叔"即郑佩刚。

这本书是1934年8月由上海生活书店出版。看过书上手写题词的人无不为它的复杂奇妙的经历而惊叹，以为是一部文史价值极高的宝书。

巴金先生的第一部文学著作是长篇小说《灭亡》，单行本是开明书店1929年10月出版的。这个版本已不多见了。他寄赠了一部给文学馆，上面有这样的题词：

  这本书是张履祥同志送给我的，我把它转送给中国现代文学馆。

巴金

题词之后盖有先生的朱文印章一枚。

还有一部晨光出版社1953年9月出版的第11版《第四病室》，上面有两段手写题词：

  一九五五年一月四日在北海路新华购得，扯去二百四十三至二百四十四一页。

  一月十八日我得新文艺回信，主张删去甘地的一段，我并不同意他们的意见（我的原文未讲到思想），但我也照他们的意思把关于甘地的一段删去，又扯去两页。

巴金　二十日

扯去的两页是第241至242页。这里说的是一桩50年代中期的公案。由于书中主人公夸奖了甘地的伟大，引起了出版社的疑虑，建议巴金先生删去不要。这两小段题词对当时文艺界中"左"的思潮的盛行无疑是个好注解。

在巴金先生赠送的自己所写的作品中不乏盗印本，凡是这类书，巴金先生都在扉面上用钢笔写三个小字："盗版本"。

细微之处往往最见真实。这些手写题词从一个小侧面反映了巴金先生对书的爱。

鲁迅、郑振铎的签名本

文学馆巴金文库中有许多签名本,全是他的前辈和同辈文友送给他的。

在这批珍贵的藏书中,有一套鲁迅先生和西谛先生的签名本,叫《北平笺谱》,一共六册,装帧极考究,是两位先生收集的北京书肆上出售的水印套色信笺的精品。

第六册的最后一页上有这样的记载:

一千九百三十三年九月匄工选材印造一百部十二月全书成就,此为第九十四部。

选定者鲁迅　西谛

"鲁迅"和"西谛"两个名字是墨笔签名真迹,"九十四"也是后填上去的毛笔字。

巴金先生很珍惜这件珍贵的礼物,他在第一册首页上加盖了两枚印章,上为"巴金"印,下为"巴金藏书"

印，都是阳文印，纤细好看。在第二册至第五册的扉页里也都各印了一方"巴金藏书"印。这套书保藏得极仔细，50多年过去了，到送至文学馆时，看起来还和新的一样，足见巴金先生之精心。

在现代图书中很少看到有像《北平笺谱》这样讲究的出版物：选画精、刻工精、印刷精、编排精、序言精、后记精、题签精、用料精，无一不精，处处惊人！

而且只印100部，又是一精。

让人一看就知道：绝对是个细活，在微细中每个末节都透着编订者的苦心。

看看它的目录，能发现鲁迅先生和西谛先生还有发明创造。他们居然把每一幅画的刻工名字也印了上去，而且是和画家的名字并列，作为共作者来署名；那些画家的名字可都是如雷贯耳一般的响亮，像陈师曾、齐白石、溥心畬等。为了落实这些木刻版的刻工名字，郑振铎先生几乎跑断了腿，问遍了琉璃厂所有南纸店的老板和老人。不少精彩刻版的作者早已被人遗忘，就是好不容易知道了线索，还只知其姓不知其名。要不是遇见鲁迅先生和西谛先生这样锲而不舍的有新思想的人，这些名字在当时就已经不被人所知，完全埋没了。郑振铎先生写了一篇题为《访笺杂记》的文章，作为后记，与其说是一篇可读性极高的散文，不如说是两位有菩萨般心肠的大好人精深胸怀的袒露，那里既有学者内行的精益求精和头头是道，又有思想家的真知灼见和超人突破，还有启蒙人道主义者的平等待人和对普通劳动者的尊敬。

郑先生在文章中说这部《北平笺谱》的出版全都是鲁迅先生的力量，是他发起，是他选定。其实，郑先生的功劳也大得很，他的跑腿，他的穷追不舍，他的苦苦央求（100部无人肯印），他的任劳任怨都是极感人的。这部书，除了它的艺术价值之外，还展示了两位大文人的亲密合作和无私。

从许多方面来看，对我们后代来说，这部书是典范，值得好好学习。它是保存民族优秀遗产的典范，它是文人合作的典范，它是出版的典范。

看看今日许多漫不经心的出版物，在这部不朽的《北平笺谱》面前，大概要满身大汗了。

熊秉明先生做鲁迅头像

我想，熊秉明先生雕刻的代表作大概要算鲁迅头像了。有这么一个头像，熊秉明也可以永垂不朽了。

中国现代文学馆盖新馆的时候，院子里要放十几尊作家雕像。这个任务交给了中央美术学院的雕刻家们来完成。孙家钵教授在替文学馆物色人选的时候，一口咬定，鲁迅雕像最好请在巴黎的熊秉明先生做。孙教授说，北大建校百年的时候，熊先生为北大做了一尊鲁迅雕像，相当好，可以请他再做一尊；不过，一要做得大，二要做成铁的，做的过程中自然会有若干改进。孙教授自告奋勇，答应替文学馆去联系。熊秉明先生和中央美术学院的老师非常熟。巴黎是艺术朝圣的地方，中央美术学院的老师差不多都去过巴黎，或进修，或参观，或工作。而去巴黎，很少有不认识熊先生的，他是地主嘛，一来二去，便很熟了。大多去过他的工作室，看过他的作品，和他谈过话，知道他有一尊《鲁迅头像》；不过，头像的最初雏形很小，是几层硬纸板剪贴起来的。看过的人，都叫绝，以为创意、造型都很好。

很快传来了消息，熊先生答应为文学馆做鲁迅头像，而且要有大的改进。他说他先要带一个石膏小样来北京。

果然，熊先生和夫人飞抵北京，由孙家钵教授作陪，扛着石膏小样，亲自登门，送到了我家。

小样既不小，又不轻，虽是石膏的，因有半米高，也有相当的分量，千里迢迢，够他们二位拿的。

熊先生谈了他的构思。他很强调：材质一定要用钢材，以为只有钢材才能充分体现鲁迅先生作为民族脊梁象征的那种硬骨头精神，而且钢材的颜色也最能传递鲁迅先生身上的那份刚毅、朴实和凝重。

我没有想到的是，在第二年夏天，熊秉明先生以80多的高龄，冒着酷暑，由巴黎赶到北京，亲自动手在现场放大样，用气焊枪切割钢板，再用电焊枪组合焊接，天天如此，不吃午餐，连续作业，直至成型。我曾随孙家钵教授去郊区的一座工厂看他操作。我大受感动。我看到的是一种近乎宗教狂热一般的对艺术完美的追求，是一种废寝忘食的身临其境，是一种存在于全过程中的全身心的创作历程。

我有点明白了：法国式的艺术辉煌究竟来源于何处，闹了半天，它来源于汗和血，来源于烈日和严寒，来源于80岁高龄老汉手中的焊枪和榔头！

后来这种精神，当头像在文学馆院里安装时，又一次得到展现。熊先生和夫人对基石的尺寸、高矮、颜色以及安放位置都有严格的要求，量了又量，看了又看，反反复复地丈量，测试，比较，甚至返工，极其严肃，一丝不苟。

结果，真出来一个杰作。

每一个看见头像的人，第一眼就感到震撼。

熊先生是学哲学的，后又在法国学雕刻，自己又是研究书法的。这几样——中国、法国，哲学、雕刻、书法——全糅在了一块儿，其结果就出来了一个非常奇特的鲁迅头像，好像用任何主义，譬如现代主义，都绝对无法加以概括。它是个全新的东西。新得出奇。

它神似，而不是形似。这是中国画的魂。正面像，整个一张脸上却只有一条眉毛，一只眼睛，加上一个鼻子和一把胡子，活活的一个鲁迅先生！神似到家了。

它只有大线条，而没有细节的刻画。这是中国书法的魂。中国书法是线，没有片，没有面，有许多空，讲究稀疏，空灵，不满满当当。熊先生发明了一种以线，以钢棍，以钢条，为主体的雕刻，空灵之至，这和他深入研究书法有关。鲁迅雕像的脸是个大平面，靠着外轮廓上的线"切"出来，简直就在写中国字。

它是纯黑的，不是大理石的白，不是青铜的绿，不是铜雕的深褐，也不是泥塑的彩，而是墨的颜色，一抹黑，是中国书法的基色，又是法国印象派艺术非常注重颜色和光线的极致发挥。

它是多层的，梯田式的，"借光"出彩，给光线充分的效果，仿佛是浓墨和淡墨的笔触在一笔一笔地叠加。这是中国写意画手法在现代雕刻作品上的最神奇的移植。于是就出现了沧桑感，正好符合鲁迅先生的老辣、深厚和苍劲。

鲁迅头像雕塑

它是多棱的，所有的转折都是尖的，叫作真正的有棱有角，没有一个弧形，没有一个半圆，没有一个平滑过渡，全是硬的。什么叫形式和内容的完美结合？什么叫用形式体现内容？什么叫好的艺术语言？什么叫艺术产生感人的力量？什么叫不程式化和不公式化？这就是！鲁迅头顶上那一抹头发，做成一个斜的四边形；左耳下面的颌部由几个多边形组成三层起伏，瞧瞧，一个"倔"字马上就出来了。这个颌部表现手法几乎成了这座头像最动人的亮点，那种在沉默中的咬牙声都仿佛听得真真的，真可谓神来之笔啊。

最法国的东西，比如变形，比如抽象，比如光线，比如颜色；和最中国的东西，比如神似，比如线条，比如稀疏，比如笔力，全放在了一起。但是，归根结底，还是中国的东西，而且是骨子里的中国东西，用中国的东西去包容和融解外国的东西。

叫作现代的中国东西吧。

熊秉明先生的发小好友，杨振宁博士和夫人专程来文学馆看鲁迅头像，足足围着头像看了一刻钟，转了三圈。回到美国，杨先生写了一篇文章，题目叫《中国现代文学馆和鲁迅头像》，寄给《光明日报》，并郑重声明，不准改动一个字。他看了熊秉明做的鲁迅头像，读了熊先生刻意选出来刻在头像背面的鲁迅先生在《野草》的《墓碣文》中的话：

……

于浩歌狂热之际中寒；于天上看见深渊，

于一切眼中看见无所有；于无所希望中得救。

……

待我成尘时，你将见我的微笑。

思索良久之后，他突然说：我感到惊心动魄。

这是一句最中肯最恰当的评语。

熊秉明先生也为自己在中国立了一座永恒的丰碑。

天上人间——记茅盾、冰心墓地

中国现代文学馆新馆为十三位大作家立了雕像，这十三位里巴金先生仍健在，其余十二位都已先后作古，其中九位有墓地，剩下三位没有安排，这其中有茅盾先生和冰心先生。

巧了，在做雕像时，钱绍武先生雕的冰心像和曹春生先生雕的茅盾像都有基座，宛如两座天然的纪念碑。

可不可以将它们衍生成墓地呢？

他们都是被火化的，骨灰放在骨灰盒里。能不能选择一小块土地来埋葬他们的骨灰盒，做成别致的墓地，变成朝圣的圣地呢？

按国际惯例，人们是不会吝啬这么一小块土地的。全世界都懂得天才的无穷价值的。这些人类天才的寿命是无限的。他们的名字，他们的书，他们的故居，和他们的墓地，都是可以传代的，成为永恒的东西。

茅盾和冰心的价值毋庸多叙。他们是中国现代新文学的鼻祖,是"五四"新文学运动的元老,是1921年成立的文学研究会的创始人,他们各自的代表作《子夜》和《寄小读者》家喻户晓,培育了几代读者。他们生前分别担任过中国作家协会主席和名誉主席。

茅盾先生的骨灰一直保存在八宝山革命公墓第一骨灰安放室里。冰心先生生前有遗嘱。她起初不准备保留骨灰,要撒入大海。后来,躺在病榻上,她改了主意,要和老伴的骨灰合葬。她老伴是我国著名的社会学家吴文藻教授。两人恩爱了60余年,堪称模范夫妻。活着的时候坚持要她的老友赵朴初为她夫妻俩写墓碑。朴老只得从命。把这一切都安排好了,冰心安然地走了,享年99岁。

面对这么庄重的嘱咐,怎么办?

恰在此时,中国现代文学馆新馆落成,它有一个美丽的大花园,冰心先生的雕像坐落在花园之中,在一株大的白皮松旁。

冰心雕像是白色大理石雕成的。一位青春少女穿着长裙和布鞋,梳着刘海,披着披肩,捧着一本书,凝视着远方的大海。一看便知道,这是《寄小读者》时代的冰心,非常美。雕像的旁边,在基座上,卧着一块长方形的大理石,同样洁白。上面嵌着一双冰心先生老年的手模,青铜质地。正面刻着她的一句话——"有了爱就有了一切",署名冰心,并刻有一方她的红印。

这方石料岂不是一个天然的最佳选择:将它掏空五

分之一，把骨灰盒放入其中，蹾在基座上，敦实，大方，还防水。背面正好可以嵌那块小小的由赵朴老题写的铜质墓碑。

一个完美的别致的墓。

基座周围种着冰心喜爱的玫瑰，玫瑰外边有青草，左边是那株大白皮松，一个多么幽雅的搭配。

冰心雕像

和冰心儿女们商量好，分出部分吴文藻冰心夫妇的骨灰择日安葬在文学馆内，一则就在北京城内，凭吊不必跑远路；二则毕竟是一种特别的安排，显得格外隆重和庄重。冰心儿女们极表赞成，一拍即合。

茅盾先生的雕像是铸铜质的，真人大小，是个立像，取材于20世纪30年代的茅盾形象。当时他在上海，正在写《子夜》。他左手握着礼帽，着西服和大衣，身子靠在黄浦江外滩的栏杆上。雕像风格完全是写实主义的，是一个典型的俄罗斯学派的雕刻作品。基座由黑石铺成，相当大，在基座前方，雕着茅盾先生的名字和生卒年月。雕像的足下正好安排墓穴。征得茅公独子韦韬先生的同意和支持后，将茅盾先生的部分骨灰放在一个不锈钢罐中，密封后放入石匣，再放入墓穴里。在茅公的一个忌日正式安葬。茅盾雕像周围种满了芍药花。文学馆所在的这个小区本名"芍药居"，实符其名，真好。

每到清明节，文学馆会在前台出一个布告，免费发放红玫瑰花，读者可以持花前往花园，向冰心先生和茅盾先生献花。

到了那一天，年轻的男女读者排着队，向冰心先生和茅盾先生的雕像献花，向茅盾先生和冰心先生鞠躬，围着他们的雕像转圈，虔诚地向他们朝拜。

春雨湿了青年们的头发和衣衫。白色的雕像身上堆满了鲜红的玫瑰，何等壮观，何等醒目，何等美丽。他们不愿离去，他们要留影照相，他们默默地祈祷，围着圈儿合十伫立。

什么时候，得机会去文学馆院中，在茅盾和冰心的墓前静静站立上两三分钟，领略一下圣地的风采，您兴许会记忆一辈子，真的。

因为，这是百年来中国大地上最大胆最有特点的文人之墓的安排。

茅盾先生的解疑信

罗荪先生的儿子孔瑞打电话来，说找出六封茅盾先生给他父亲的信，要送给现代文学馆。取回来一看，真棒！每封都写得漂漂亮亮，绝好的文物。其中有两封非常重要，一封是1940年在延安写的，讨论"旧瓶装新酒"问题，本身就是一篇论文。第二封是答疑。

这封答疑信写于1977年4月8日，是回答王杏根的提问，要罗荪先生代为转交的。信极具史料性，是一份重要的文献。

1935年下半年，红军经过长征胜利抵达陕北。鲁迅先生和茅盾先生接受史沫特莱的建议，曾打电报给中共中央表示祝贺。根据1947年7月27日《新华日报》（太行版）披露的信息，电文极短，内容是："在你们身上，寄托着人类和中国的将来。"这以后，这封电报便成了鲁迅研究的重大课题之一，它的细节也成了大谜。茅盾先生是重要当事人，常常被当成调查对象。

当初，这事是鲁迅先生亲口对茅盾先生说的，茅盾先生听了之后回答说"好啊"，还问鲁迅先生电报如何发出去。茅盾先生第二次接触此事是1940年在延安，张闻天同志曾告诉他："你和鲁迅给中央拍来的电报，我们收到了。"

对电报的有关细节，茅盾先生在给罗荪先生的附信中解答得很详细，共分七点，现摘抄于下：

"一、史沫特莱把长征胜利事告诉鲁迅，并建议鲁迅去电祝贺。

"二、鲁迅把此事告诉我，但那时电文未拟就。当时我有别约……只说：电报如何拍出去。

"三、此后，因为那时忙于别事……就没有再问鲁迅电贺的事……

"四、进入一九三六年……我把电贺事完全忘了，鲁迅似乎也忘了……

"五、解放后，成立鲁迅博物馆，预展时我看到有一幅画是我和鲁迅在拟电文（贺长征胜利），大为惊异，当即告诉他们，事实不是两人合拟而是鲁迅一人拟的，且我那时未见电文原稿，也不知有哪些人（除鲁迅外）在电尾署名。

"六、当时鲁迅博物馆拿不出电文全稿或其抄件，只说是解放前某根据地的报上载的一条消息有此一句……

"七、史沫特莱如何转发此电……只能猜想史把电文弄到巴黎（不是从上海拍电而是把电稿寄往巴黎法共地下党的外围组织），然后由巴黎法共转到莫斯科，然后再转到陕北。"

至此，关于鲁迅先生和茅盾先生电贺长征胜利的谜便大体解开了。

如此重要的信，当然，也就成了宝贝了。信纸八页，直行毛笔，绝少涂改，字迹秀丽、潇洒流畅，印出来，保证还是书法精品。

好人罗荪

孔罗荪先生在中国现、当代文学史上是一位不应该被忘记的人,他有过重大贡献和功劳。

所以,文学馆在他九十诞辰的时候,专门开纪念会纪念过他,大家说了许多好话,并有一系列文章发表。

他的第一个大贡献是在抗战时期,他积极参加"中华全国文艺界抗敌协会"的建立和组织,是它的重要骨干,而且从头坚持到尾,长达八年。有一个时期,1938年8月至10月,他的家——汉口三教街九号,居然成了"抗敌文协"的办事处。这个家身兼三职:一是留守总部;二是编辑部,编《抗战文艺武汉特刊》;三是会员们每周的聚会会场。由1939年的第二届文协理事会起,罗荪一直是文协的理事和常务理事。常务理事一共选八位,分属四部,一部有两位。罗荪是出版部副主任,负责编文协的机关刊物《抗战文艺》。

"抗战文协"实际是"中国文联"和"中国作协"的

前身,因为它是一个全国性文学社团,在全国各地都有分会,包括延安在内。后来,1978年以后,罗荪调往北京,负责筹备"中国文联"的重组,和中国作协机关报《文艺报》的复刊,这个安排是有历史因缘的,他是一位有资历的,有经验的"老"人。

罗荪手里一直保存着一套相当完整的《抗战文艺》杂志原刊。后来,证明这是全国唯一的一套。抗战时期,后方没有好纸,只有土纸,《抗战文艺》的大部分均为土纸所印,不易保存,加之敌占区的各大图书馆都得不到它,所以,后来在全国范围内,居然找不到一套较为完整的《抗战文艺》。《抗战文艺》是唯一一份由抗战初期坚持办到抗战胜利的全国性文学刊物,有极大的史料价值和文学价值。

罗荪保存的这一套《抗战文艺》就成了后来复印它的唯一根据。直到现在,由于技术原因,复印还未成功实现,但也正因为如此,它的价值就显得更为突出,孤本呀。

罗荪在80年代把它捐献给了文学馆,文学馆遂把它定为"一级文物",成为"国宝",一直好好地保存在保险箱内。

罗荪的第二个大贡献是打倒"四人帮"之后,在他担任《文艺报》主编之初,和荒煤共同主持座谈会,为120部著名当代小说平反,这是一个重大举动,为新时期的文艺思想解放,为一百多位被打倒的著名作家的复出,为文学的复兴繁荣铺平了道路，有非凡的轰动效应。

罗荪的第三个大贡献是受巴金先生的委托，负责筹建中国现代文学馆。罗荪1981年担任中国作家协会书记处的常务书记，1982年起兼任中国现代文学馆的筹委会主任，在胡耀邦同志、胡乔木同志的热情支持下，罗荪在极其艰难的条件下，开始为中国现代文学馆的建立而奔走呼吁，踏上了一个相当漫长的奋斗征程。他在文学馆筹建处挂牌仪式上传达文学馆倡议人巴金先生的意图，表示文学馆要用科学方法保存五四运动以来中国作家的著作的各种版本、手稿、书信、日记、照片、音像资料、文物，成为中国现代文学的资料中心和研究中心，为弘扬中华文化和精神文明建设做出贡献。他结合国家档案局、革命博物馆、北京鲁迅博物馆的经验，以及苏联高尔基文献保管所的经验，和筹建办公室的同人一起起草了《中国现代文学馆性质、任务和工作范围的设想》。1982年底，罗荪率四人考察团专程到日本东京，向日本近代文学馆取经学习。三年后中国现代文学馆正式开馆，巴金先生和罗荪一起荣任名誉馆长。

罗荪夫妇1978年调到北京之后，暂住在老和平宾馆的平房中，那儿离我家很近。他们常到我家来和母亲聊天，母亲也常常到他们的住处去做客，走动得很勤。巴金先生到北京开会，母亲常以主人的身份尽地主之谊，设宴款待。有一次在青海餐厅请饭，由罗荪、曹禺作陪。巴金先生不善言辞，微笑坐着，态度极其和善。罗荪先生很有办法，冲着年轻的女服务员们说："你们都念过《家》吧？这位就是《家》的作者。"小姑娘们大吃一惊，一时不知所措。罗荪不紧不慢地说："一会儿请巴老签名，多难得呀！"姑娘们兴奋得大叫，把巴老围了起来，气氛一下子就轻松了。罗荪是一个很机智的调度者，善于沟通，能把周边的氛围处理得非常和谐。

罗荪永远仪表堂堂，面带微笑，一派绅士风度，四两拨千斤，举重若轻，是位处理日常事务和矛盾的能手，人人都觉得他和蔼可亲，是个忠厚长者，由心底里亲近他，尊重他。

就这么一位可爱的人，身体却渐渐不行了。他开始健忘。抓起电话来，却忘了要说什么，喃喃不知所云，对方让他说话，他却在慌乱中问对方："您有什么事？"对方说："不是您给我打电话吗？"他惭愧地摇摇头，狼狈地放下电话，望着电话发呆，心里不服气，拍拍脑门，怪自己的坏记性，然后，努力地想，样子极其庄重。

看着这些，真为他难受，这么个聪明能干的人，这么个体面人，怎么会如此迅速地衰老。

疾病终于把他打倒，生活几乎不能自理，完全靠夫人周玉屏料理一切。

1993年初，罗荪过生日，文学馆同人去家中看望他。向他献花。问他："我们是谁呀？还认识吗？"没想到他居然慢慢地说了七个字:"文学馆的老伙计!"夫人和女儿都大惊:这是他多少天来第一次说话,而且说得这么好,这么准,这么俏皮。这次见面是我们最后一次听他说话。夫人1994年先他去世后,他被女儿接回上海,两年后终因肺炎溘然去世,活了84岁。

罗荪是这么一个文人:默默地做好事,关键时刻仗义执言,活得精神、体面、善良、和气,永远一身绅士风度。

好人罗荪,我们深深怀念您。

萧乾、文洁若捐献《尤利西斯》译稿

《尤利西斯》是一部大书、奇书、天书。

《尤利西斯》中文全译本的出版成为1993、1994年中国文学翻译界的一大盛事，距原著初版问世已有70余年。

《尤利西斯》中文全译本的译者是萧乾、文洁若夫妇。他们一位年过八旬，另一位已年近七十。按他们两位的说法，他们开了一个"夫妻作坊"，流水作业，每天译注不止，连续工作了五年，真是个大工程。

由他们两位来完成这个大工程绝非偶然，他们有三个有利条件：

第一，萧乾早在英国执教和念研究生时便对詹姆斯·乔伊斯产生了兴趣，那是30年代末40年代初，离《尤利西斯》开禁没有几年。他在剑桥的研究题目是英国心理小说。乔伊斯也是他学位论文的研究重点。在全世界卷入战火的岁月里，萧乾正起劲而吃力地啃《尤利西斯》。虽然联军在诺曼底登陆中断了萧乾的学位论文，使他重操旧业，当了随军记者，走遍欧洲战场，但他终生难忘《尤利西斯》，一次又一次地想着它，仿佛总是跟它有缘。他始终认为把《尤利西斯》介绍给中国，对了解西方在写作方面的新探索是大有益处的。中国有中国的国情，不必愣学乔伊斯，但是了解他知道他却是应该的，何况他的《尤利西斯》是全人类在文学创作上的一个奇迹。正因为如此，萧乾回国时，带了1000多册他收集到的现代派作家的书，他善良的出发点便是教国人扩大文学视野，不可自我封闭。这批书后来藏于社科院文学所的资料室里，躲过了各种险情，居然完好地保存下来，其中便有1935年8月奥德赛出版社出版的两卷本《尤利西斯》，萧乾50多年前在剑桥读过它，上面写满了他当时的批注，而且成了此次翻译的主要参考本之一。

第二，萧乾自己是文学大家，文洁若是大翻译家，两人的文学功底都很丰厚。萧乾、文洁若又都是熟悉英语的。文洁若毕业于清华大学外文系英语专业，后来又多年从事日文翻译，是个多产的文学翻译高手。两人对宗教又都比较了解。两人的朋友，国内国外的，各个专业的，都很多。这对化解《尤利西斯》这部天书非常有利；遇见难题，还可以四方求助啊。

第三，雄心加毅力加勤奋是啃《尤利西斯》的最大保证。文洁若给自己定了铁的工作纪律，每日放闹钟，清晨5时起床，终日伏案，指标是每天必须译完一页原著，还要完成注解；完不成，不睡觉，就是干到夜里12时，也得完成！第二天还是5时起床，而且五年如一日。

说《尤利西斯》是天书，是因其难懂。正因为如此，翻译它也是一件艰难的重任，而且必须注解。

首先，《尤利西斯》在写作技巧上开创了意识流的先河，乔伊斯善于捕捉人物头脑中那些不连贯的思绪，变幻莫测，东一榔头西一棒槌。萧乾说："在艺术手法上，我觉得乔伊斯好像把一张写就的文稿故意撕得粉碎，抛撒出去让读者一一拾起来，自行拼凑。"这种写法前无古人，非常大胆，极为贴近人类的正常思维轨迹，显得很生动真实，然而却增加了读者理解的难度，尤其增加了翻译的难度。译者为了帮助读者阅读不得不加进许多注解，做些穿针引线的工作，告诉读者这个人物曾在前面的第多少章露过一面，做过一个什么动作，这一句是前面那个动作的继续，诸如此类，叫作"呼应注"。

其次，《尤利西斯》涉及的领域特别多，上至天文，下至地理，音乐、医学、宗教、哲学、法律、古典文学、新闻学无所不包，还常常把他以前写的其他著作中的人物也扯进来，翻译起来颇费功夫。

再次，全书除英文外，还夹杂着大量法文、意大利文、德文、西班牙文、希腊文、拉丁文、希伯来文，甚至还有梵文，有时乔伊斯还自己发明文字，譬如只要字头字尾，或者把三个不同的英文词连在一起组成一个长极了的新词，近似文字游戏，表现了作家的独具匠心。可以想象，这样的语言文字翻译起来该有多么困难。

《尤利西斯》译稿具有极大的文学价值。

萧、文二氏《尤利西斯》中文全译本由译林出版社出版了三卷本。发行后引起轰动，卖得很好，出版社不仅没有赔本，还收到了很好的经济效益。

它的译稿原稿于1995年夏，通过译者的小友傅光明，全部捐献给了中国现代文学馆。现在保存在文学馆手稿库的保险柜里，占了整整一箱。

译稿共有2357页，包括注解和萧乾的译文序在内，洋洋大观。

原稿写在大稿纸上。萧乾和文洁若都爱废物利用，常在废稿纸背面、书稿清样背面，或者出版资料简报的背面写稿，然后剪贴在一起，拼成八开加长大稿纸的统一规格。往往一页稿纸是由三四张不同的纸剪贴而成，有如百衲衣一般。

"百衲衣"从另一个侧面反映了翻译的艰辛，改了涂，涂了改，反复推敲，反复修改，动刀动剪动糨糊，很真实地体现了翻译劳动的复杂动态过程。

《尤利西斯》译本，注解量大这一事实，在原稿上能得到更真实的反映，因为书写的字一样大，不像在印刷出版物中注解是用小号字排版。有的章节，译文和注解文竟然一样多，达到一比一的程度。

《尤利西斯》译稿充分体现"二人转"翻译体制。

一开始,萧乾以为他的工作仅仅是"校正",谁知,真正一开始工作,他的任务便远远超出了校正的范畴,是真正的二度翻译。文洁若在稿纸上留下了大量空行为萧乾进行再加工时使用,基本是写一行空一行,这些空行便是留给萧乾的天地。他的翻译,他的推敲,他的修改就写在这些空行里。萧乾的翻译原则是既要忠实原著,又要尽可能地流畅,口语化。萧、文二位都生在北京,讲一口漂亮的北京话,这对贯彻他们的翻译原则非常有利。

萧乾自己是文学家,看他修改文洁若的译稿,能清晰地看出他是怎样将翻译语言变成活泼生动的文学语言的。

这一点,使这部大译稿有永久的保留价值,仔细地研究它,能教会初学文学创作的人如何使用语言文字,从某种意义上说,它是一部文学语言的活样板和教科书。

如果说,文洁若的译文是非常正规的普通常用语言,符合文法,忠于原著,那么,萧乾的再加工便是流畅的口语了,是再创作出来的文学语言。请看下面的例子:

——文氏译:"他脸上那神气像是要死了似的。"萧氏定稿:"他脸上那神气像是要呜呼哀哉似的。"

——文氏译:"她无论如何要钻进男人的卧室。"萧氏定稿:"她无论如何死气白赖非要钻进男人的卧室不可。"

——文氏译:"显得更有男子气概了。"萧氏定稿:

"更像男子汉啦。"

这便是萧、文"二人转"翻译体制的优势和无与伦比的绝妙之处了。

（原载1996年3月13、14日《人民日报·海外版》）

手稿种种

由手稿可以看出作家不同的写作习惯，恐怕百人有百样，大不相同。这就叫作生产工艺不同吧，仔细研究一下，倒也有趣。先选几个特别的例子看看，或许还有一点普遍性和代表性。

第一种姑且称为"冰心型"或者"两次成文式"。

冰心先生写文章，直至现在，也还是先打草稿。拣一些旧废纸，翻过来，在背面用圆珠笔匆匆写第一稿，然后，再用稿纸誊清，一边誊一边改，是为第二稿，也是定稿。定稿一般一式两份，用复写纸一次写成。上面那份寄给索稿人，下面那份留给卓如女士，由她备用陆续编入《冰心文集》。原来的那份草稿便随手撕掉，扔进字纸篓，或留作擦手擦桌子用。

从手稿学的角度出发，这些扔掉的原始草稿也是极有价值的创作档案，是手稿的重要组成部分，因为从草稿到定稿的差别中，可以了解作者的思想变化和修改文章的技巧。

曾经劝冰心先生把草稿通通留下来，送给文学馆保存，冰心先生并不反对，不过，她已经习惯随写随扔，改不过来。文学馆又请她的外孙陈钢帮助到字纸篓里去捡，终于抢救出来一批；当然，很不全，遗漏甚多，可惜得很。

第二种写法可以称为"老舍小说型"或者"一次成文式"。老舍先生1949年以前的小说手稿全是一次成型的，没有草稿定稿之分，也没有抄稿，仅此一份，直接发到印刷厂供排版用。他是每天写作的，每天有大致固定的写作字数，日复一日地连续写下去。他的手稿改动并不多，稿面相当漂亮，干净工整可爱。修改处先用笔墨整体涂掉，形成四四方方的黑块，使涂掉的字完全不可辨认，再在旁边加写改正的字句。

因为没有底稿可留，老舍先生也吃过大亏。

1931年完稿的长篇小说《大明湖》手稿在上海商务印书局全部毁于"一·二八"战火。他又没有勇气和兴趣再写一遍，这部小说根本没有问世。不过漂亮的手稿惹人爱，又常常意外地起了自我保护作用。

80年代初，上海突然发现老舍先生的《骆驼祥子》手稿仍流传于世，而且是一页未缺，极为完好，成为轰动一时的新闻。原因是负责连载《骆驼祥子》的《论语》杂志编辑陶亢德先生当时就相中了这份漂亮的手稿，以为是一

《骆驼祥子》手稿

份不可多得的文物，故意地保留了下来，一直在他手中珍藏着，直至"文革"骤起。"文革"后手稿又安然回到他的子女手中，前后历时46年。

巴金先生也是属于一次成文的作家。他的手稿用纸随便，抓到什么便用什么，不过字比较小，改动处较多，而且他写起来常常"顶天立地"，不受格子的限制，字数由手稿上不易统计清楚。瞧他的手稿，可以看出他是一个内心非常热情的人，文思敏捷、勤劳执着，字仿佛是由笔下喷涌出来的。

第三种写作类型可以称作"老舍戏剧型"或者"多次修改成文式"。

到了1950年，老舍先生创作话剧剧本的时候，他突然来了一个大转弯，由"一次成文"变成了"多次修改"，甚至"多次重写"。

老舍先生老早就有一种理想，就是盼着有一种合适的写作环境，允许作家从容不迫地慢慢修改自己的作品，直到满意才出手，而不必为生活所迫总是赶着现炒、现卖。这种写作方法鲁迅先生也多次谈到过，他曾劝作家不要写完了稿子就立即寄走，自己要多读多改，多删多砍，别舍不得。

1950年以后，由创作《方珍珠》和《龙须沟》开始，老舍先生每写完一稿剧本，便到剧院去朗诵一次，或者把导演和演员请到家中，让大家畅所欲言地提意见，根据意见再写第二稿。遇见意见多或者意见厉害时，便另起炉灶，重打鼓另开张，干脆重写。最多的一次到过十稿。那个有十稿的话剧剧本叫《春华秋实》。现在发现了整整十份比较完整的《春华秋实》手稿，而且都是重写稿，是大拆大改过的，相当于一年里写了十个多幕剧，手稿摞起来足有两尺高。这是手稿藏品中的一件稀罕物，很有研究价值。

经久不衰上演的话剧《茶馆》的剧本也是提意见重写之后的产品。第一次朗诵时，本是一部和宪法有关的剧本，导演焦菊隐、夏淳，演员于是之、蓝天野、郑榕、英若诚诸先生听了朗诵之后，立即异口同声说他们喜欢第一幕中的第二场那场以茶馆为背景的茶馆戏，以为真有味道，太有戏，何不把它独立发展成一个大的茶馆戏呢？老舍先生听了正中下怀，遂将原稿废弃四分之三，然后握笔疾书，不出半个月就又打电话给剧院："来听听吧！"这份新稿在听取意见后只做了少量修改就定稿了。

第四种写法类型可以称为"茅盾型"或者"周密计划完整构思式"。概括起来说，这种写法是想好了再写，而不是边想边写。茅盾先生的长篇小说《子夜》手稿是这类手稿的代表。它的写作提要和写作大纲都极为详尽，包括每个章节的时间、地点、人物表、故事背景、故事情节和需要刻意描写的关节，通通都是事先计划好了的，都有书面材料，像绑好了钢筋，就等浇筑了。这么精细的前期工作真令人吃惊和敬佩。

由上述简述可以看出：手稿学是一门很新的学科，它越来越受到文学研究者的重视，它能提供对作品的最具权威性的研究依据；有意思的是，其研究成果统统是独立于作者之外的，出人意料的。

电脑的出现对作家写作提供了许多方便，但对手稿学却是一个致命的打击，它断绝了一项重要文物的后续来源。真是"有一利必有一弊"。

周作人漂亮的手稿

冯伟才先生受罗孚先生之托,将周作人先生的《知堂回想录》(又名《周作人回忆录》)手稿由香港带到了北京,捐给文学馆。打开包装纸一看,啊,真漂亮!

还没见过如此漂亮的手稿,推称第一,绝对有资格。

周作人先生是一位对中国新文化运动做过重大贡献的文人,同时又是一位走过曲折道路的文人。他活到82岁,一生大体分为三个阶段:早年、中年、晚年。

早年中最辉煌的日子是五四运动时期和随后的20年,《人的文学》一文被胡适先生称为"最平实伟大的宣言",是对"五四"文学革命的重要理论建树。中年附逆是他的耻辱和黑暗。晚年里他是一个心态平和的著述家和翻译家,1950年以后有12部著作和译作问世,其中,最重要的代表作便是这部《知堂回想录》了。三个阶段走下来,正好像个"之"字,确实曲折。《知堂回想录》在某种程度上又正是这曲折的自白和自剖。

《知堂回想录》的写作原则是只记事实，没有诗，即没有改造和修饰，不动感情，甚至无忏悔，这为研究周作人生平提供了很翔实的史料，也为研究众多的他的同辈人及他们的事业提供了可贵的第一手资料。

所以，《知堂回想录》是一部重要的书，它的信息量极大，许多是不为人知的，又没有废话，令人读起来难以释手。

手稿量挺大，目次8页，正文554页，一共562页，一律是旧式稿纸，其中有荣宝斋的红格稿纸，有"晏一卢集稿·张氏藏本"24行纸，有"知堂自用"蓝扁格稿纸。稿纸一共换了五种。行文一律用毛笔，前后历时两年，得38万字，加上"后记"一共207篇。每页均有编号，自201页起改用打号机编号。

稿子原名《药堂谈往》，署名"岂明"。药堂、岂明、知堂都是周先生笔名。

令人惊叹的是，稿子几乎看不出任何涂改的痕迹。有时，翻七八页十几页也看不到一处，并不是抄稿，是原稿啊。

偶尔也有一两个字的涂改，是属于去掉不用的字，用墨涂成小四方黑块。

作人先生手稿修改方式极为特殊，先用刀片将废字挖下，再用刀片切下同等字数的稿纸，四边略大于原缺，周边涂糨糊，贴在原处，写上要改的字，字数相等。他的装贴技巧很精,几乎不露痕迹。要把稿纸举起来,对着光"透视",才能发现。周作人有补破钞票的专门手艺,他精于此道,便把修补稿件的活儿也艺术化了。

《知堂回想录》是曹聚仁先生约写的,他和周作人是好友,友谊始自1925年。文章写成后分90次寄到香港,曹聚仁是第一个读者,由他交给《新晚报》的罗孚先生,准备连载。他曾有这样的话:"……非有人抄副本不行,罗兄要保留原稿的。"原稿保留得这么完整,功劳首推曹、罗二位先生,他们是它的第一批推崇者和爱好者。

对周作人,巴金先生有过一句名言,"人归人,文章还是好文章";套用这句话,还可以说:文章归文章,手稿还是好手稿。

王世襄写《秋虫六忆》

　　王世襄先生称得上是当今第一大"玩"家，玩得精深，玩得讲究，成了"玩文化"的大专家。
　　一部又大又厚的《明代家具研究》专著和一部又大又厚的《明代家具珍赏》画册使王世襄先生名气大振，这部书被誉为和郭沫若先生的青铜器研究与沈从文先生的古代服饰研究并列的现代三大社科研究成果之一。从此，王世襄先生在中国古典家具收藏界和研究界被尊为最大的行家，成为权威。他说的每一句话，都会被同行引用，比如，美国的中国古典家具研究杂志就会用通栏标题醒目地登载："王世襄先生说：这件家具好！"
　　正当世界各地的收藏鉴赏者疯抢王先生的家具研究巨著的时候，正当全国各地的仿古家具作坊把王先生的大厚书当成教科书和第一工具书的时候，王先生突然又发表了一部叫作《鸽哨》的专著，大谈特谈鸽哨，就是那个绑在鸽子身上，在天空中利用鸽子飞翔时的气流唱出动听的音乐的小玩意儿。王先生广收博采，以其丰厚的玩历把鸽哨变成了一门学问，科学地将它的方方面面加以解剖，令阅读者又惊讶又佩服。一个小小的鸽哨居然有这么大的学问！

对《鸽哨》的赞叹还未平息，王世襄先生又有惊人之举。他汇集公私所藏蟋蟀谱逾30家，淘汰重复过多的，精选出17种，交给上海文艺出版社影印出版，取名《蟋蟀谱集成》，书前自题诗六首，是为序；书后著长文《秋虫六忆》是为附记。

这《秋虫六忆》又是一篇杰作，在1992年11月出版的《中国文化》第七期上先期发表，轰动一时，再次掀起一阵"王世襄旋风"。

《秋虫六忆》附在谱集成后面，自然有它的论文性质，但写法完全是散文的章法，是六篇关于捉、买、养、斗蛐蛐和关于蛐蛐器皿及关于爱蛐蛐的人的系列散文。它们是亲身经历，是回忆，是抒情，是用一支笔打开一扇已经遥远的门，将里面住着的小精灵请出来，让它们扮演各种角色，演出一台和人间世态非常近似的戏剧来。

王世襄笔下的蛐蛐器皿是那么可爱，那么小巧，那么精益求精，那么周到舒适，他写着写着都忍不住要自己变成小人儿跳进去住上一些时日："缩身恨乏壶公术，容我悠然住几时"，"我有时也想变成蛐蛐，在罐子里走一遭，爬上水槽呷一口清泉，来到竹抹啜一口豆泥，跳上过笼长啸几声,悠哉!悠哉!"

　　王世襄将这些小虫当人看待,写"他们"的好斗逞强,也写"他们"的温柔多情,还写"他们"谈恋爱呢;他笔锋一转,由斗蛐蛐看蛐蛐主人的品德,人心的良丑竟在那小小的罐子面前暴露无遗,暗含着许多以小喻大的机智和哲理。

　　王世襄先生的《秋虫六忆》除了其感人的文字魅力之外,还有它丰富的史料价值和人文价值。试想,1000多年前,中国人已经懂得为小虫子在上斗场前称体重,划分重量级别!

　　《秋虫六忆》是对一种熟透了的微细文化的回顾。日前,王世襄先生已将《秋虫六忆》的手稿赠给了文学馆,共64页,30000多字,图文并茂,字很漂亮,纸也漂亮。

朱自清的遗稿和遗物

朱乔森，朱自清先生的公子，教授，长居北京，近日获得一套新公寓房，在乔迁新居前，整理旧物，找出一批朱自清先生的珍贵遗稿和遗物，征得兄弟姐妹的同意，捐给了中国现代文学馆。

文学馆为此将成立"朱自清文库"，是馆内作家文库的第38座。

在交接过程中，朱乔森首先拿出的是一副朱自清先生的眼镜，还有备用镜片，以及一个和眼镜配套的镜盒，已经用得很旧了。朱自清先生晚年总戴着一副黑边的圆圆的眼镜。这副捐出来的眼镜便是那副早已让大家熟知了的眼镜。看见它仿佛一下子看见了久违了的老相识，令人顿感无比亲切，不由得产生一种惊喜。这当然算得上是一种带有标志性的纪念物，可以被评定为作家的一件重要文物。作家，通过它看世界，通过它写出自己的文章。这眼光的一出一进，便将作家的经历和创作都联系在一块儿了。于是眼镜成为作家自身之外的最重要的佩件和工具。

朱乔森把它捐出来，这个选择既精彩又恰当，见其物如见其人。

尤其可贵的是那一批朱自清先生的遗稿。据朱乔森讲，这是最后一批了。此批一出手，他家将不再有先生的手迹了。"文革"中朱自清先生的手迹和他保存的书信被销毁，达两麻袋之多。

这批遗稿包括一部抗战前《诗言志》书稿，是一份诗论稿件，相当完整，分为四章，每章写在不同格式的纸张上，明显地写作于不同的时期，共111页。遗稿中还包括两部旧体诗稿，早的一部叫《敝帚集》，晚的一部叫《犹贤博弈斋诗钞》，前者用的稿纸是直行线装本，此纸曰"天糜稿本"，颇为古雅。其中最早的一首词写于1926年11月2日，距今已有70余年。这部诗集收的基本上是抗战前的随想抒情诗，其中几首上有俞平伯先生用笔做的修改手迹，更为珍贵。《犹贤博弈斋诗钞》是陆续抄写于一香港产的硬皮横行笔记本上的，有趣的是先生依然用毛笔写，而且把本子转90度，呈竖写状，里面全是抗战中和战后的诗篇，基本上是和友人之间的互赠唱和，情深意长，充满了友谊至深的交流。诗多佳句，如"相期破房收京后，社稷坛前一盏茶"，颇为感人。此类诗一直写到1948年初，而且生前未出版过。这两部诗稿，无意之中，倒是和《诗言志》很"配套"，后者是理论，前者是自己的实践，真是相得益彰，比较全面地显示了一位大诗人的风采。

朱自清先生是五四运动后写新诗、研究新诗和教授新诗的重要诗人，可他抒发自己的感情时却大多用旧体诗词，这是那个时代作家们的一大特点，包括鲁迅先生在内都是如此。

遗稿中还有11封朱自清先生的书信和便笺，以及三篇短文手稿，其中比较珍贵的是1931年10月由伦敦寄给清华同事浦江清教授的长信，以及1935年为赵家璧的《中国新文学大系诗歌卷》写的《选诗杂记》原稿（四页）。《选诗杂记》是每一位打算编书的人应该仔细读一读的，他那种全面占有材料的责任心和对资料穷追不舍的精神，当是今人的楷模，而且字里行间透露，不光是他，连他的那些同代著名文人朋友，人人都那么重视占有资料，彼此互通有无，读来让人羡慕和敬佩。

此外，朱自清先生1948年写的一页购书便条，也值得特别珍视，因为此件差不多已是他的绝笔了，距他宁肯忍饥挨饿而不食美国救济粮的不屈大限仅有50天。

朱乔森打开了一只又大又旧的皮箱，拿出朱自清先生收藏的几幅名人字画给我们看，还给我们看陈竹隐夫人所画的牡丹图，我们突然发现皮箱上贴着一张纸，也是又大又旧，上面赫然几个毛笔大字："朱自清衣箱到北平清华园。"我们顿时提议：这只老皮箱应进文学馆，我们拿一只新的来交换！

现在，这只跟随朱自清先生走遍天下的老皮箱，还有他的一个书架，一只放讲义的每日跟他上讲台的旧公文皮包，也已经送进了现代文学馆，它们都是文物，都很了不起。

（原载《文汇报》，1998年2月17日）

朱自清的自存本

朱自清的公子朱乔森向文学馆捐献了一批朱自清先生著作的自存本,非常珍贵,而且都有故事,共计17本。

著作的自存本是作家自己保存的版本,一般来说,是指自己的作品的各种版本,尤其是初版本和校订本,留在自己身旁备用待查,差不多都有自己的签名或者印章,以示和别的藏书有区别。

朱自清先生的自存本,大体有四种标志:一是盖藏书印,他有一枚藏书印,是闻一多先生所刻,阴文六字,"佩弦藏书之鉥",很别致典雅,是朱先生常常使用的;二是盖自己的名章,有他的阳文"朱"印,有阴文"佩弦"印,有阳文"朱佩弦印",和阴文"朱佩弦"印四种,还有一枚是斋名印,曰"邂逅斋",阳文;三是加题"自存本"或"佩弦自存"或"再版自存本·自清"的字样;四是加题收存记或校对记。

挺有意思的是收存记。

有一本叫《新诗杂话》的书,是朱自清先生的一部关于新诗的随笔集,大多数文章写于抗战时期的昆明,成书于1944年,由上海作家书屋出版于1947年底,已是胜利之后很久。1948年年初,朱先生收到此书后,大喜,提笔在扉页上写了一段话,很有趣,现抄录如下,可能从未单独发表过。

盼望了三年多,担心了三年多,今天总算见到了这本书!辛辛苦苦写出的这些随笔,总算没有丢向东洋大海!真是高兴!一天里翻了足有十来遍,改了一些错字。我不讳言我"爱不释手"。"邂逅相遇,适我愿兮!"说是"敝帚自珍"也罢,"舐犊情深"也罢,我认了。

一九四八年一月二十三日晚记

多么情深的一篇小小的好散文,多么漂亮的白话文,又俏皮,又真实,喜悦之情,跃然纸上,看了之后很有感染力。人人都会替他高兴,并为之感动,甚至会发出叫好声来。瞧那一串惊叹号!

这段题记之外,还加盖了两枚图章,以视郑重。

三天后,在书尾朱先生又有一句注记:

"卅七年一月廿六夜校改毕。"同样,郑重地加盖了两个名章,这便是"校对记"了。在这本书里他一共找出了73处错误，绝大多数都是印刷错误，他一一予以改正，包括标点符号错误，真是细致。看了这些改错，也令人肃然起敬，对他的敬业，对他的细致，对他的认真，对他的一丝不苟，不佩服不行啊。

  这些自存本，不言自明，有它们的自身文物价值，但是，文物之外的启迪或许同样珍贵。

（原载《文汇报》，1998年3月1日）

闻一多手稿的复现

闻一多先生有一份极为珍贵的手稿——《〈九歌〉古歌舞剧悬解》,流失多年,两年前突然再现,引起一阵轰动,传为美谈。

这份手稿之所以珍贵有五个原因:一是因为它是闻一多先生最后一部大型著作的手稿。写完这部著作之后一个多月,闻先生在昆明惨遭杀害。这份手稿便成了闻先生的绝笔。二是因为在这部著作中凝聚了闻先生毕生研究楚辞的心血。他用歌舞剧的形式解释屈原的《九歌》,正好发挥了闻先生诗人兼学者的双重优势。手稿将他写作时一泻千里的宏大气势表露得极为清晰。三是因为在这部手稿的来历上有一段精彩的故事。当时,闻先生鼓励西南联大学生们到少数民族聚居区去采风,并把民间优秀歌舞手直接请到高等学府来联合演出。这种做法在当时实属创举,轰动了整个昆明。闻先生看了演出之后,心情久久不能平静,他对这些演出给予非常高的评价,以为是艺术上的精品，是大可借鉴的艺术源泉。他怀着极大的创作欲望，答应给学生们写一部新型歌舞剧，让学生们拿到彝族音乐舞蹈会上去演出。这部手稿正是闻先生美学思想上双向结合——古代文化遗产和民族民间歌舞相结合——大胆创新的结晶。四是因为手稿本身非常漂亮，土纸、毛笔小楷，工整流畅，堪称上品，而且，26页完整无缺，是极为难得的文物。

最后一个原因，是因为这部手稿本身的遭遇也极为坎坷，带有很强的传奇性。手稿的保存者是王松声先生。他当时正在西南联大念书，而且是学生剧团的主要负责人，和老师闻一多先生过往甚密。闻先生把手稿交给了王松声，要他设法复写八份散发给学生剧团的八位主要演员，以便准备演出。闻先生完成手稿是在1946年6月11日。此时，正值中国命运的紧急关头，争取民主反对独裁的学生运动风起云涌。由于进步学生遭到日益严重的迫害，演出已不可能。王松声也被迫离开了昆明，途经四川准备返回地方。一日，王松声搭长途汽车到达一大站，突闻恩师闻一多先生已于7月15日遭暗杀身亡。他第一个念头就是爬上车顶到网篮里去找闻先生的剧本原稿。抱着手稿，他暗下决心，一定要保护好这部遗稿，要尽一切办法让它问世。1949年以后王松声在北京市文化局和文联担任领导工作。他曾把闻先生手稿拿给老舍先生看，老舍先生告诉他："这可是个宝贝，一定要好好保护！"王松声遂请荣宝斋老裱工按页加以装裱,并加了套封。"文革"前,手稿曾借给一些著名导演看,准备搬上舞台。"文革"期间,手稿下落不明,成为悬案。王松声复出后多方寻找,最后才在北京市文联资料室里发现,居然完好如初。于是征得北京市文联同意后,决定把它捐献给中国现代文学馆永远保存。

交接仪式进行得极为隆重。

接下去,该是把它搬上舞台了,难度很大,但一定是一台精彩的大戏!

因为是大手笔。

萧三的书和叶华的照片

萧三1983年病逝,他的老伴叶华把他的藏书捐给了文学馆。

其实,萧三生活经历非常丰富,他是革命家、诗人、翻译家、社会活动家。叶华捐给文学馆的萧三藏书和文物完全能反映出萧三生涯的斑斓绚丽。

萧三的藏书在"文革"中损失惨重,正像它们的主人一样,命运坎坷;然而,他的外文书却奇迹般地保存了下来,这可是一堆宝!这些书几乎全部是签名本。签名赠书的人又几乎全是世界名人,其中有法国的巴比塞、巴西的亚玛多、智利的聂鲁达、丹麦的尼克索、越南的胡志明、日本的德永直和苏联的爱伦堡、法捷耶夫、波列沃伊等。

差不多所有的外国人都叫萧三为"埃弥·萧"。一提"埃弥·萧",都知道那是一位鼎鼎大名的中国革命诗人。这些签名本便是他们赠给"可爱的朋友埃弥·萧"的。萧三1920年赴法勤工俭学,1922年加入中国共产党,是最老资格的党员之一。1923年到苏联学习。后来回国工作。1930年再度赴苏一直在那儿工作和生活到1939年,其间曾代表"左联"出席过国际革命作家会议,还出席过高尔基主持的第一届全苏作家代表大会。那时,他的名字就叫埃弥·萧,他用这个名字发表了大量诗歌。在叶华赠书中,就有几本埃弥·萧的诗集,它们都是战前在苏联出版的,是孤本,当然是文学馆的宝贝。

萧三的书里面还有一批更有纪念意义的作品:他在1946年至1954年期间写了一批毛泽东传记。这批传记是国人写毛氏传记中最早的。萧三是湖南湘乡人,早年就读于长沙湖南第一师范,是毛泽东的同学。他和毛泽东、蔡和森一起组织了"新民学会",他还是《湘江评论》的撰稿人之一。由于有过这样的亲密关系,萧三连续写下了《毛泽东同志的青年时代》《毛泽东印象记》《毛泽东同志传略》《毛泽东同志青少年时代和初期革命活动》等书。萧三称得起是我国现代革命领袖文学传记领域的开拓者。如今,萧三在晋察冀、山东、华北新华书店出版的一批土纸本毛泽东传略已成为"萧三·叶华文库"中最引人注目的藏品。

叶华本人是著名的摄影家,多次在国外办个人影展。在叶华的赠品中照片占了很大的比重,而且都相当精彩。这批照片放了两个平柜,占据了"萧三·叶华文库"的中心部位。一张摄于1922年法国蒙特利尔城的中国勤工俭学者的合影常常引得参观者停步细看，那上面有萧三、邓小平、李富春、李维汉、蔡和森等人，他们看起来都很年轻，个个意气风发，体现出革命者的朝气和振奋。

最近，叶华又送来了她用德文写的自传，装帧非常精致。她也成了作家。她还带来了一支电影摄制队。他们是专程由德国前来按叶华的著作拍摄电影、电视片的。文学馆的"萧三·叶华文库"自然是他们的拍摄重点。他们要向全世界展示：北京有一座奇特的小文库，它的主人公是一对夫妇，一个是中国人，另一个的原籍是德国，他们俩有一段神奇的动人经历。

叶华最近打来电话，她已清理出萧三用过的木床、沙发、书桌，要文学馆派人去取。她和她可爱的丈夫一样，用诗人般的热情，把奉献当作人生的最高乐趣。

萧三撰写的有关毛泽东传略的两部重要文稿

萧三,在国外用的名字是埃弥·萧,在中国和世界文坛上曾经是个有传奇色彩的大人物,更有甚者,他是第一个为毛泽东写传的中国人;对他这个人,特别是他写《毛泽东传》这件事,很值得大书一笔。

萧三是湖南湘乡县人,湘乡是湘潭的邻县。萧三和毛泽东是中学时代的同学。毛比萧大三岁。在学校临毕业时他们一起组织了著名的进步社团"新民学会",1918年8月同赴北京,两人还曾一起到天津大沽口看大海,1919年7月回湖南,又一起办《湘江评论》,曾一同上街卖报。1920年5月,毛泽东在上海送萧三等人赴法勤工俭学,临行前两人去拜见过孙中山先生和廖仲恺先生。1921年7月,毛泽东代表湖南共产主义小组在上海参加第一次党代会,创建中国共产党。稍后不久,1922年在法国,萧三经胡志明介绍加入了法国共产党。以后在延安,在河北西柏坡,萧三和毛泽东都保持了密切的接触，私交很好。总之，萧三对毛泽东的身世，尤其是青少年时代的生活非常熟悉，这对他日后撰写《毛泽东传》是个非常有利的条件。

萧三于1927年到1939年在苏联生活了12年，由1930年起他担任中国左翼作家驻莫斯科的代表，经我党批准他加入了苏联共产党，历任两届苏联作家协会党委委员，出席了高尔基主持的第一次苏联作家代表大会，代表中国作家上台发言。中国现代文学馆至今保存了一份登在苏联报刊上中国作家埃弥·萧在第一次全苏作代会上的俄文讲演稿的剪报原件，上面有他的头像和讲演全文，弥足珍贵。

1936年埃德加·斯诺利用四个晚上在延安访问了毛泽东，请他谈自己的身世。斯诺后来将访问记在伦敦《亚细亚》杂志以第一人称的叙述方式发表，这就是日后《西行漫记》中的著名的毛泽东自述，又称《毛泽东自传》。同年11月，《毛泽东自传》由汪衡翻译在上海黎明书局出版。

稍晚一点，萧三于莫斯科在完全独立的背景下，用俄文写作了《毛泽东传》，并在1939年回国前，先后两次发表。这是中国人撰写的第一部毛泽东传。

以后，萧三一直想在俄文版基础上用中文创作一部正规的《毛泽东传》。1939年刚回到延安，他就直接向毛泽东提出要求，约在方便的时候谈谈，以便再增补、修改。

他们称这种谈话为"翻古"。到1943年，为庆祝毛泽东50岁生日，任弼时出面要求萧三继续写作《毛泽东传》，作为祝寿的礼物。为此，萧三又多次和毛泽东"翻古"，并走访了几十位老同志，写出了初稿，转呈毛泽东审阅。无奈毛泽东坚决反对做寿，主张以后再出版。1946年萧三在晋察冀《时代青年》上发表了其中的毛泽东同志的"儿童时代"和"青年时代"两章。1947年萧三到河北西柏坡之后，又补充访问了许多知情的老同志，并将修改稿交给党中央领导同志审读，广泛征求了他们的意见。1948年毛泽东到达西柏坡之后，萧三遂以《毛泽东同志·儿童时代·青年时代与初期革命活动》为题正式出版这部传记，简称《毛泽东同志》。

　　文学馆"萧三文库"中收藏有1948年5月山东新华书店再版的"新华小文库"丛书中的《毛泽东同志》，印数注明为4001—8000册，说明此前初版印了4000册。它是萧三去世之后，由叶华夫人捐给文学馆的，是萧三自存本中仅存的最早的版本。它是32开小本，绿封皮，土纸，共91页，50000字，居然是横排。

　　同样的《毛泽东同志》，文学馆还存有华北新华书店版和中原新华书店1949年6月的再版本，皆属较早的作者自存版。

　　到1949年3月萧三将书名正式改为《毛泽东同志的青少年时代》，交新华书店出版。它有109页，竖排，有"作者的话"刊于其前，"几点重要更正"附于其后。

　　此外，1946年7月1日在中国共产党成立25周年纪念之际，萧三在张家口《北方文化》上发表过一篇题名为《毛泽东略传》的文章，约6400字，是一篇非常有概括性的传记文章，它的特点有四：一、也属于出现最早的毛泽东传略；二、由1893年写到1946年，涵盖时间较长；三、评价比较到位，而且充满了革命激情；四、行文严谨、考究、正规。

　　文学馆收藏有这篇文章的四种不同的版本，都是萧三的自存本。最早是1947年3月刊于新华书店《毛泽东印象记》中的。最有文献价值的是刊于1947年9月晋察冀新华书店的《印象记》中的。后者上面不仅有作者多次修改的笔迹，还夹有一页补充手稿，将《略传》下限终止时间一直延长到1949年1月。

　　这页纸成了萧三重要的手稿，而且从未发表。

　　萧三不愧是一支热情的"革命号角"，他的诗，他的译作，他在国际文坛上的活动，他的《毛泽东传》和《毛泽东略传》，都是他奏出的时代最强音。

（原载《人民政协报》，2001年7月16日）

一次大丰收

阳翰笙百年诞辰纪念有两个活动：正日子，2002年12月5日，在北京人民大会堂开纪念会；第二天，在中国现代文学馆开学术研讨会。惊人之笔是，在学术研讨会上，阳翰老的子女向文学馆做了一次重大捐赠，一共拿出了60件他们父亲的遗物，其中有许多是珍贵的宝贝。

走进学术研讨会会场，只见四壁挂满了阳翰老收藏的字画，画有李可染、吴作人、胡絜青、丁聪、尚小云、新凤霞的，字有郭沫若、钟敬文、启功、张光年、吴祖光、罗工柳、柳倩、薄一波、李鹏的。会场的一侧放了三个大玻璃平柜，里面放的是阳翰老的手稿、日记和著作。

学术研讨会的第一项议程，便是捐赠仪式，由欧阳永华代表四兄妹向中国现代文学馆捐赠阳翰老的文物。原来，墙上展出的和柜中展出的全属捐献物。与会者大惊讶，会场爆发出一阵欢呼声，大家用最热烈的掌声向欧阳兄妹表示敬佩，表示感谢，表示由衷的赞美。

轮到我代表中国现代文学馆致谢词的时候，我向与会者扼要地介绍了这批捐献物的珍贵价值和重要性。

有一幅条幅，装裱分上下两节，下节是李可染创作的中国画，上节是郭沫若的行草书法，写的是他专门为此画配书的诗作。

画作于1943年。当时阳翰笙和郭沫若全住在重庆歌乐山赖家桥的平房民居里。夏日，重庆酷热难忍，而且蚊蝇甚多，晚间简直无法在屋里待着。阳翰老便常常在院中葫芦架下纳凉，泡一壶茶，拿一把芭蕉扇，驱蚊饮茶。此景被住在离这儿不远的金刚坡下的画家李可染瞧见，便画了一张画相赠。

全画用单色淡墨创作，中心是一尊罗汉，身着古代敞胸的布衣，手拿一把半透明的绢质团扇，赤足盘腿席地而坐，膝下有一领竹席，席边放一把硕大的陶壶和一个小茶碗。头顶上是一架葫芦，有两三个成熟的葫芦垂下，构成一幅情趣盎然的好画。

闹了半天，此罗汉就是阳翰笙本人。

有诗为证。

郭老的配诗说得清楚：

　　主人不饮酒，
　　孤坐葫芦下。
　　面前陈何者？

谅是一壶茶。

有茶亦可饮，

客至休咨嗟。

莫道世皆醉，

醒者亦存涯。

还有一幅好画，也是李可染画给阳翰老的。比上一幅稍晚，是1944年的，画的是水牛、牧童和墨色山水。

这是典型的李可染题材和李可染画风，可贵的是它是李可染早期的作品，极有价值，因为可以看出李可染美术创作的明显发展轨迹。

重庆歌乐山金刚坡下李可染住的农宅旁有主人的一个牛栏，里面有一头大水牛。长期观察的结果，让李可染爱上了这种埋头苦干只知无私奉献的大家畜。后来他曾将自己的画室取名"师牛堂"。他夸奖牛"安不居功，纯良温驯，足不踏空，气宇轩宏"。牛成为他崇拜的对象，遂成为他写生与创作的对象。

这幅图带有强烈的写实风格。请看，牛是小写意的，而且带有四条脚的；晚期的李氏牛多是不带脚的，半截身子埋在水中，唰唰几笔，一只牛头，一对牛角，一双牛耳，一扇牛背，齐活，写意，神似，是小牧童的可爱大朋友。

尤其可贵的是，画面上牛和牧童只占一个小角，整个画面是黑色的大山，有两条瀑布一左一右垂泻而下，竟然是歌乐山赖家桥的写照。当时，以郭老为主任，以阳翰老为主任秘书的"文工会"就设在山下。

于是，这牛，这山，这水，就成了历史的见证；而那段历史在中国现代史上是一段多么令人难忘的波澜壮阔的篇章啊。尽人皆知，水牛和黑山水都成为李可染后半辈子的美术专项了，达到了炉火纯青的地步，真可谓出神入化。

而这一张，竟是起步期的代表作，不能不说是国宝级的珍宝了。

捐画中同样具有传奇色彩的是一张吴作人的《双驼》。它居然是吴作人1937年的作品，是吴作人最早的中国画。画上的题字是两个大篆字"漠上"。驼毛墨色很重，驼身呈灰墨色，大写意。两只大驼高昂着头，气势磅礴，极具风度。这种画法，仿佛一出世就定了型，一直延续到吴作人晚年，几乎没变，因此，这一张就有了里程碑式的价值。

1981年，44年之后，吴作人在复出后的阳翰老的家中壁上看见了它，立刻呆住了，爱不释手，非向阳翰老讨回不可。说他自己竟然没有，极想留在自己手中。阳翰老微笑着取下，拱手相让，物归原主。

吴作人大受感动，回家后立刻原样模仿一张，裱好后，带上夫人萧淑芳，恭敬送上，算是弥补。

这张《双驼》就是它,既充满了人间情谊,也记载了一个大画家的某一个重要起步。

再说日记。

整整一柜子。最早的是1942年的,最晚的是1966年的,持续25年,中间只缺1946年、1948至1951年、1962年七年的,还有一本1980年的日记也在捐献之列。

阳翰老日记特点有四:一是涉及时间较长;二是涉及的历史期较重要;三是篇幅较长、记述较详尽;四是在此段时间里阳翰老本人任职重要,始终是中国共产党文艺战线上的一名一线指挥官,参加领导了几乎所有的重大文艺活动。

其价值不言自明,而且其中绝大部分尚未发表过。

信手翻来,任意打开1942年所记的一页,上面记着他去观看《面子问题》(老舍著,话剧),记着他在剧院门口遇到了舒绣文。询问之下,绣文很信赖地向他袒露心声,因受到感情波折,情绪低落,甚至要出意外……

不得了!要知道,这仅是随手翻到的千百页中的一页而已。

阳翰老的手稿这次共捐了五种,都完整,其中有其40年代的代表作《天国春秋》和《草莽英雄》,以及60年代初期的《塞上江南》,即后来被拍成电影,取名《北国江南》并惨遭"批判"的那部重头戏。

著作中有阳翰老1930年出版的《唯物史观》,是个已经很难找到的社会学著作版本。

阳翰老活着的时候，是中国现代文学馆四大顾问之一，另三位是冰心、夏衍、萧乾。阳翰老九十诞辰时，文学馆为他举办过大型生平和创作展览，开幕式成为当年的文学盛事。

没想到，十年后，当纪念他百年诞辰时，他的子女向文学馆做了这么一笔丰厚的捐献。阳翰老的脸上几乎永远挂着温和的微笑。他在天国，又微笑了。肯定是。

有他的这些宝贝做证。

聂绀弩的遗稿

新年（1993年）伊始，现代文学馆里便热闹起来，80多名老作家和老朋友聚集一堂，为杂文家、诗人、古典文学研究家和文字语言学家聂绀弩先生开纪念座谈会。

聂先生逝世于1986年，今年恰好是他诞辰九十周年，朋友们觉得非得给他开个隆重的纪念会不可，为的是给这位奇才一个公允的评价。

会上散发了一部刚出版的《聂绀弩诗全篇》，共收录聂先生一生创作的468首诗歌，洋洋大观，大受欢迎。会上还展出了一平柜聂老的生平照片和一平柜他的事迹、著作和文物，数量虽不多，却旧物重逢，勾起了朋友们无数感慨，引出了无穷思念，打开了记忆的洪闸，把聂绀弩先生传奇般的坎坷人生描绘得触目惊心。

聂先生是1922年的国民党员，是黄埔军校二期学员，是莫斯科中山大学的学生，和谷正纲、康泽、蒋经国是同学，当过国民党中宣部总干事和中央通讯社副主任，他是"左联"成员，进过日本的拘留所，是1934年入党的中共党员，他奉命护送过丁玲秘密去延安，参加过新四军，当过陈毅将军和张茜的"红娘"，当过一系列大后方报纸副刊和文学杂志的编辑，任过香港《文汇报》主笔；他是人民文学出版社的副总编辑兼古典部主任，他被打成"右派"，下放北大荒劳动，曾被当成刑事犯关进牢狱，"文革"中再度被捕，被判无期徒刑，后来又被特赦，出狱前一个月独女和女婿双双自杀；1979年平反，但身体已不支，在床上躺了十年，留下了大量诗篇、杂文和论文。被朋友们当作天下最乐观、最坚强、最有才华和最有人情味的奇人。

聂先生的亲人只剩下了一个外孙和一个外孙女，他的遗物基本上散失殆尽。目前，最大的一批遗稿被完好地保留在现代文学馆里。这是他的夫人周颖女士生前送给文学馆的，如今，周夫人也已离开人世两年了。

珍贵的是，这份多达百余篇的遗稿中，有相当一部分是从未发表过的手稿。

大致归纳起来，遗稿可分为四部分。第一部分是聂老关于语言文字的论文集稿件，这是经聂老亲手编辑过的一部完整的书稿，前面还有他自己写的序言。第二部分是诗的手稿，其中有此次《诗全篇》中不曾收入的遗作，甚为重要。第三部分是关于古典文学的研究论文稿件。聂先生除了是鲁迅之后的第一大杂文家（夏衍语）和一个大诗人之外，他还是个大学问家，对《红楼梦》《水浒》《三国演义》《儒林外史》等古典名著都有独到的研究。第四部分是他的杂文手稿，最早的有30年代的。

这份聂绀弩遗稿绝对是一份重要的文学遗产，需要好好研究，在它的基础上写出一些有分量的硕士论文和博士论文是不会有任何问题的，盼着出现几位年轻的聂绀弩专家！

张天翼文库

张天翼是我国有名的小说大家,他的作品被翻译成世界多种文字,据统计,在苏联,其作品的发行量在中国作家中排名第三。

张天翼病逝于北京,现代文学馆于他逝世周年之际为他举办了纪念学术讨论会。又过了一年,他的夫人沈承宽将他的藏书、文物,乃至用过的家具,一股脑儿都捐给了文学馆,成立了"张天翼文库"。

在张天翼文库里,一角布置得像他的书房,有他的书桌、座椅、文件柜,都是他生前用过的原物。书桌上放着他的笔墨纸砚、眼镜、茶具和吃药用的碗勺。墙上挂着他的挂钟,指针停在2点30分上,这是张先生离开人世的时间,那天是1985年4月28日。书桌上方还悬挂着张天翼1980年荣获的全国少年儿童文艺创作荣誉奖状,这是为表彰他40多年为少年儿童写了许多优秀的作品而颁发的。

张天翼20年代走上文坛,1929年发表第一篇新小说,

1931年出版第一个短篇小说集，同年加入"左联"，此后十年是他的创作黄金年代，成为活跃在左翼文坛上的最著名的新星之一。鲁迅先生先后三次向国内外友人热情推荐张天翼的作品，以为"新进作家"张天翼的作品是可以入选中国现代小说集的。"张天翼文库"的书柜里陈列了张天翼的这些著作的不同版本，显示了他的文学创作的高产高质。

  1942年以后张天翼患肺结核病，穷病交加，当时后方曾发起一个救济张天翼的募捐运动，波及国统区和解放区，成为轰动一时的文艺界大事。1966年以后，张天翼受"文革"冲击，身体受到很大损伤，1975年突患脑血栓，半身不遂，失语。他和病魔又整整搏斗了十年。"张天翼文库"中存放着他晚年练习用左手写字的小木板夹，存放着他练习走路用的一根很结实的直径很粗的木手杖，存放着"跟脚"的系带的布鞋，存放着伴随他度过晚年的一张有扶手的躺椅，扶手上的面料已被他心爱的小猫抓得"体无完肤"，存放着他练习写字和发音用的带拼音字母的文字卡片……这些文物生动地表现了张天翼顽强的性格，他有一颗童心，他热爱生活，他不服输，他顽强地站着、走着、写着，直到生命的最后一息。

  张天翼和鲁迅先生有深厚的感情，他多次和先生通信，他写过许多有关鲁迅先生的文字，包括那篇感人肺腑的《哀悼鲁迅先生》和极有学术价值的《论〈阿Q正传〉》

论文。"张天翼文库"里有一张珍贵的照片,张天翼在鲁迅先生送葬队伍前面高举着巨幅横旗,上面是张天翼写的"鲁迅先生殡仪"六个大字。文库书柜里还有一本《鲁迅回忆录》,这是张天翼晚年的床头书和手中卷。

　　文库很小,也很朴素。正是这些布鞋、小木板、照片,记录了伟大时代里一个大作家不寻常的一生,那是多么了不起的民族魂啊。

周扬捐书

周扬在"文革"中大难不死，活着看见了"四人帮"的覆灭，复出后还主持过有重大历史意义的第四次全国"文代会"，可惜后来身体不支，终于卧床不起，住进医院，最后竟终年昏迷不醒，靠先进的医学技术维持着一息生命。

周扬重病的时候，念念不忘的是他的书。他一生嗜书如命。他的最大乐趣便是坐在书堆中念书。没有公务的时候，他可以一坐一天，念一整天书。他平时很少上街，唯一使他有兴趣一逛的地方便是东安市场的旧书摊。他很少买东西，把工资和稿费都买了书。他曾托郑振铎先生替他买一套"四部丛书"，共计220种3668册，装了八书柜，其中六柜放在会客室，两柜放在书房，日夜和他相伴。"文革"后期由狱中出来时，他的头一句话是："我的书还在吗？"实际情况是，在"文革"时他的书损失了三分之二；使他宽慰的是，那八书柜线装书居然还安然无恙。重病之后，他开始琢磨应该为他的书也找个归宿。

周扬立了遗嘱，要把书送给现代文学馆。

周扬去世之后，他夫人苏灵扬又写一份《周扬遗嘱补遗》，重申那八书柜线装书"全部赠送现代文学馆留念"，并深情地说："可惜我自己来不及亲自打图章，而左手已偏瘫，只好托可靠的同志代劳了。张光年、冯牧同志，有暇相托，恳请承诺，亦不忘同志之谊至深。"在不到一年的时间里，周扬夫妇双双离开了人世。

文学馆从周扬家一共接收了22柜子图书，一共15358册，其中包括周扬心爱的那八柜线装书，此外还有1748册杂志和一满柜唱片，而且连柜子一起搬走。

当书和书柜一起搬空之后，人们惊奇地发现，周扬家几乎空无一物。会客室和书房都是四壁空空，剩了几只旧沙发。卧室只有一只木板床、一只衣柜和几只皮箱。这位把一生的心血都奉献给中国进步文化事业的斗士，除了书之外，竟没有任何有价值的身外之物，没有字画，没有古董，没有现代化的电器，也没有什么像样的家具。

现代文学馆为"周扬文库"辟了三间房才勉强装下这15000余册图书，有的书柜每格还放了两排书，挤得满满的。一共分了11大类：现代文学、古典文学、外国文学、历史、哲学、艺术、外文本、签名本，图册类、善本类和唱片。在存放善本类的那间房子里除了"四部丛书"之外，还有一张周扬的办公桌和一把座椅。座椅人造革的面料已经磨损。这一间布置得像是周扬的书房,这里的书籍周扬生前是不准家人乱动的,全是他自己一本一本地清理的,写有标签,排列有序。苏灵扬夫人每年都要为它们亲自放置樟脑驱虫。

有了一个"丁玲文库"

现代文学馆中的所谓"文库",就是当一位大作家或其家属将他的全部藏书、创作档案资料,甚至文物捐给文学馆时,文学馆专门辟立一两格书柜,或一两个书架,或一两间房屋,妥善保管,并冠以他的名字,叫作"某某文库"。这个办法可以全面地保存这位作家的藏书风貌和特色,很受作家和研究家们的称赞。

"丁玲文库"是今年(1992年)4月8日正式开幕的,它是继"巴金文库""冰心文库""张天翼文库""周扬文库"之后的第15个文库。

"丁玲文库"和其他文库有一个明显的不同,除了是丁玲的藏书室,它还布置成丁玲书房兼卧室的样子,很像一个故居纪念室的样子。

说来话长。在丁玲逝世五周年纪念座谈会上,一些老朋友,都是全国政协委员和作家,集体建议将丁玲晚年在北京的住房建成丁玲故居纪念馆。有关部门采纳了这项建议的实质，决定为丁玲建一座文库，设在中国现代文学馆之内。丁玲的家属慷慨地将丁玲的遗物都捐献了出来，包括她的木床、衣柜、书桌、座椅、衣物、书籍、字画，共计181件，加上2100多册藏书，基本上可以模拟出一间丁玲书房兼卧室和一间丁玲藏书室来。这样，丁玲文库便在丁玲逝世六周年之际隆重地落成。她的老朋友们云聚文学馆，为"丁玲文库"的顺利开幕表示了由衷的欣慰和祝贺。他们久久地徘徊在丁玲的面模、手模、大幅油画像和照片面前，彼此低声地交谈着，回忆着，对这位中国现代杰出的革命女作家充满了怀念和敬重之情。

丁玲的一生坎坷曲折，大起大落，大喜大悲，她的一生是传奇的一生。"丁玲文库"里陈列的丁玲照片，将她一生的惊心动魄的故事如实地再现在观众面前。

丁玲的代表作《莎菲女士的日记》《我在霞村的时候》《三八节有感》《太阳照在桑干河上》《魍魉世界》的各种版本都陈列在文库的书柜中，成为丁玲光辉一生的象征。丁玲因创作《太阳照在桑干河上》而获得的国际奖章和证书也陈列在柜子里。它们作为一种光荣的标志，显示了丁玲在中国现当代文学史上和世界文坛上的重要地位。

丁玲一生都过着简朴的生活。她只穿布鞋，不穿皮鞋；她的小木板床朴实无华；她的书桌除了圆珠笔之外几乎没有文房四宝。展品中有一条丁玲亲手补缝过多次的旧棉裤，格外引人注目，给她那波澜跌宕的革命生涯做了无言的解说。人们仿佛在这位不知疲倦的妇女解放的呐喊者和一切愚昧落后现象的批判者身上，看到了一种坚定的不可动摇的对信仰的忠诚。

丁玲雕塑

蔡仪也有文库

蔡仪并非因搞创作而出名，却在文学馆里有以他的名字命名的"文库"，为什么？

有两条理由，均有典型意义。

一是蔡仪先生是文艺理论家，专搞美学。文艺理论对文学至关重要，不可或缺。二是蔡仪先生在文库中的东西很可观。

美学观点早已有之，但作为一门完整独立的学科，发展很晚，不足两百年，传入中国不过是本世纪的事。我国早期的美学大师有两位：蔡元培先生和朱光潜先生。其后以搞马克思主义美学而闻名的便是蔡仪先生，他著有一系列美学专著，如《新艺术论》《新美学》《美学论著初编》《文学常识》等。他长期从教，曾在杭州艺专和中央美术学院任美学教授，以后在社会科学院文学所任研究员，是我国较早运用辩证唯物主义观点研究美学诸问题的专家。

我国三四十年代的文艺理论著述，尤其是马克思主义文艺理论著述，比起进步文艺创作来说，还是比较少的，不太发达；发达的是马列主义文艺理论翻译，当时这样的翻译已经出现了一大批，而且比较系统，影响很大。在这种情况下，蔡仪的《新艺术论》是一部罕见的进步文艺美学论著，规模较大，比较系统，见解独特，1943年出版之后，为整个文坛所瞩目，被誉为白区中的新文化生力军的一尊大炮。蔡仪先生自己说过，他写此书，是"以刺破那压下来的黑色围幕"。美学理论观点一向是以不同观点激烈争论而著称的，对蔡仪先生的学术观点也有许多争论，但他的历史功勋，正如他诚挚的探索精神一样，是始终受到公认和敬仰的。

蔡仪先生1992年2月28日在北京病逝。他的夫人乔象钟把他的遗物捐给了文学馆。乔象钟也是一位文学研究员，有研究李白的著作问世。乔象钟很周到，基本上把一间蔡仪书房搬进了文学馆，布置起来，酷似蔡先生仍在里面思考写作，是名副其实的"蔡仪文库"。

在"蔡仪文库"里，首先进入视野的是一套二十四史，完完整整地用大小不等的箱子装着，整齐地叠成一个大方阵，差不多有一人高。是局校本，清同治至光绪年间金陵书局印行，在二十四史版本中属较好的版本。蔡仪先生手巧，东西坏了一贯自己修理。在他的书桌抽屉里，有一小套木工工具：锤子、凿子、锯子、锉子、钳子、刮刀、刷子，一应俱全。二十四史木制书盒盒盖上的小插销中，有一些便是蔡仪先生自己配制的。

"蔡仪文库"是继"丁玲文库"之后，有书房格式的文库。蔡仪先生的大书桌、藤椅全被搬来了。书桌上有台灯、花瓶、笔筒、茶杯、墨盒。花瓶中有乔象钟在蔡仪先生生日时送来的一束黄色玫瑰绢花。蔡先生的藤椅扶手用紫色的布垫缝补过。一个学者伏案辛劳笔耕的形象，在这样的细节部位也会传神地呈现出来，这便是实物展览的魅力所在。

说到书桌，蔡仪书桌是文学馆中的第三个收藏入馆的作家学者书桌实物，前两张是张天翼先生的和丁玲先生的。我们知道，许多作家的书桌毁于"文革"，不复存在。像蔡仪书桌这样的劫后余生实物自然也是非常少见和宝贵的。前几年，在参观俄罗斯文学馆时，我曾在走廊中发现一张旧式大沙发，坐上去摇摇欲坠，馆长神秘地告知：这是法捷耶夫的沙发。当时，便产生一个想法，回去之后，我们也要征集收藏知名作家学者的书桌座椅，它们有巨大的人文价值。物连着人，见物如见人，参观者精神立刻为之一震，会有一种历史震撼效果。

"蔡仪文库"里有4000册蔡先生的藏书，装在四个大书柜里，其中1930年版日本平凡社的《世界美术全集》，36卷，一卷不缺；1947年版黄宾虹、邓实编的《美术丛书》，20卷，亦全，最有价值。其他，以美学书籍为最丰富。

在"蔡仪文库"的展柜里，有蔡先生的十方印章，有两块小表，有两副眼镜，有剃胡刀，有指甲刀，还有一套理发的推子、剪子。类似的生活小用具，要数"蔡仪文库"里最丰富。乔象钟捐赠这些物件时，很动了一番脑筋，因为件件都有小故事。将来，到"蔡仪文库"查找美学书籍的人们，顺便可以听听这些小故事，亦很有情趣。

（原载《文汇报》，1998年8月6日）

杨沫的遗嘱

杨沫走了,留下了一份遗嘱。

中国作家协会已经收到了这份遗嘱原件,并且转到了中国现代文学馆。

中国现代文学馆将这份遗嘱原件当作珍贵文物保存在手稿库里。

这份成文于1994年6月28日的遗嘱是这么写的:

"我把我的部分人民币积蓄赠给现代文学馆。并把我所有著作的版权及稿酬,也全部赠给现代文学馆。"

她赠给现代文学馆的稿酬共计16万元人民币。

这是继巴金先生之后,文学馆收到的第二笔国内巨额赠款,它们都是作家自己辛辛苦苦攒下来的劳动所得。

杨沫先生捐赠版权却是中国文学界破天荒的第一次。

这非常不简单。

杨沫先生的著作,尤其是她的代表作《青春之歌》,问世之后,除了"文革"那些年之外,直至今日,一直是拥有大量读者的，发行得非常好，她的版权是一份实实在在的权利。这意味着，按她的遗嘱规定，一系列版权业务从此将转到中国现代文学馆的名下，相应的稿费或版税收入也将归文学馆所有，而且，按版权法规定，这种权利将持续50年。

她对文学事业的一片赤诚，她的巨大爱国热情，她的无私忘我，最后全都融进了这次一劳永逸的奉献里。

杨沫先生书写和签署这份遗嘱是在她去世之前的一年半，当时她虽年事已高，体弱多病，但毕竟还没有躺下，也没有住医院，这是一个革命文学家的深思熟虑，是清醒而自觉的抉择。

杨沫的家人对她的这个决定表示完全尊重和支持，他们在治丧期间毫不犹豫地，迅速而主动地，将这个遗嘱向中国作协组织做了传达。

很快就有两家文艺社团和出版机构找到现代文学馆要求签署杨沫的版权协议。当时中国现代文学馆还没有从中国作协得到正式通知，根本不知道有捐赠版权一说，便向来者说明：绝对是搞错了，捐稿费和捐版权是两个不同的概念，因而不能替杨沫受理版权业务。来者无奈退出，过了不久，又来电话，说他们已问过杨沫家属，家属向他们宣读了遗嘱的部分内容，确有捐献版权一说，不会有误。

就这样，第一批版权业务合同——根据杨沫小说《青春之歌》改编歌舞剧——已经顺利签订，而且第一批相应的稿酬也已划到文学馆业务账上。

早在八年前,杨沫先生已把她保存的《青春之歌》手稿赠给了中国现代文学馆。这份手稿保存完整,而且完好,是文学馆手稿库中的一级文物。

在1995年中国作协主席团上海会议期间,杨沫先生主动找到文学馆负责人,说她还有一批著作、藏书要陆续交给文学馆。杨沫先生病逝后,她的这个承诺也得到落实。

所有这些,在文学馆的电视资料片中都有所摄录,并已经按时间顺序一一得到忠实记录。杨沫家人在馆内观听了这些珍贵的留影和留声。不论是家人,还是陪同者,全都感动得泪如雨下。

杨沫先生的家很朴素,没有任何豪华的现代装置和装饰,可是,她却是这样的慷慨大方,把一切都献给了国家。

日前,在北京隆重举行了"杨沫图书、版权、稿费捐献仪式"。

她,一位典型的中国先进知识分子女性,一辈子忧国忧民,有一副悲天悯人的热心肠,她的遗嘱为她热情奔放的人生历程画了一个完美的句号。

(原载1996年3月19日《人民日报·海外版》)

整套的《保卫延安》手稿

作家杜鹏程称得上是不知疲倦的改稿者,一部手稿总是改了又改,修了又修,仿佛永无止境。他是最认真最勤奋的中国当代作家中的一个。

他的代表作《保卫延安》最能说明问题。

杜鹏程夫人由西安来,说已将《保卫延安》的手稿清理出来,欲送给文学馆保存,请派人去取。问:"有多少?"她用手一比画,说:"两尺多高的,两摞。"她还补充了一句:"一个人背不动。"

派了两个人去取,果然,一人一捆背了回来,进了门,气喘吁吁,是一部书的稿子,36万字的小说。这很罕见。杜鹏程说他是九易其稿,实际根据背回来的手稿数一数,起码是十易其稿,还不算出版后又改过三回,出了四个不同的版本,总共是16稿。光是第一章第一段就有六种不同的写法。

在著名的经典之作中,《保卫延安》是手稿多的冠军，修改次数多的冠军。

杜鹏程夫人贡献出来的《保卫延安》手稿还是"全"的冠军，是一整套，这太难得。

在这全的一套中，有写作大纲，有人物表，有一稿、二稿、三稿……直至九稿，除了最原始的初稿和发排的定稿没有之外，全齐了。

对最原始的初稿，杜鹏程在《重印后记》中有过记述："……白天骑上马出去采访……到晚上，就坐下来写这部作品。九个多月的时间，居然写起了近百万字。全是真人真事，按时间顺序把战争中所见、所闻、所感记录下来。稿子都是使用缴获的国民党的粗劣报纸和宣传品的背面来抄写的。因此初稿抄起来，足有十几斤。"

地点是在新疆帕米尔高原，时间是在1949年末。作品是报告文学，一共37章，近百万字。当时作者28岁。

杜鹏程是陕西韩城人，出身贫农，1938年到延安参加革命，延安大学毕业后当记者，随军转战大西北，一直走到新疆最西边。他是著名的保卫延安战役的目击者和参加者。他每天记日记，记采访笔记，光是这些素材就堆满了他的小屋子。他决心写一部百万长卷，纪念那场艰苦卓绝的革命斗争和无数做出自我牺牲的革命战士。

那份写在恶劣报纸和宣传品背面的原始稿，显然遗留在帕米尔高原上了，现在保留下来的一稿是它的抄稿，"足有十几斤"的那份。手稿表明，抄好的字几乎又被通通划掉，在行与行之间密密麻麻地写上了新字，这才是真正的一稿，和初稿比已面目全非。

初稿刚完成，忽接电报，谓母亲病危，慌慌乘了西北唯一的一架军用飞机赶到西安，再冒雪步行数日，背着那十几斤稿子，来到母亲房前。母亲的门口积雪半尺，没有脚印。屋里没有灯光，没有烟火，没有家具。一张土炕上，有半张席，母亲躺在上面，生命早已离她而去，她变得很小很小，陪伴她的只是一只破瓦罐和许多盖着"军邮"戳子的独子的远方来信。

杜鹏程掩埋了苦命的母亲，含着泪，一头扎进稿纸里，废寝忘食，日以继夜，用四年的时间，十易其稿，将报告文学改成长篇小说，将中国人民奋起抗争的英雄气概和丰功伟绩写成一座用心血筑起的纪念碑。

《红岩》手稿入藏文学馆

在中国,江姐的名字,华子良的名字,小萝卜头的名字,家喻户晓,非常响亮。他们的出名,是因为长篇小说《红岩》的问世。他们是《红岩》中最具有传奇色彩的英雄代表人物。

小说《红岩》就是因为描写了一批四川地下共产党人惊心动魄的革命斗争故事而一鸣惊人,自1961年由中国青年出版社出版发行以来,至今已有40年,总发行量累计已逾千万册,成为中国社会主义时期最畅销的经典文学作品。

鉴于《红岩》在文学史上的历史地位,它的作者之一杨益言和另一位作者罗广斌的夫人胡蜀兴决定将其手稿捐赠给中国现代文学馆永久保存。罗广斌本人不幸在"文革"中英年早逝。

《红岩》手稿是罗、杨两人合作写成的。《红岩》最后定稿手稿,非常完整,有重大的文献价值。罗夫人和杨先生的这个决定是献给中国共产党成立八十周年纪念的一份极其珍贵的礼物。

2001年6月12日，中国现代文学馆多功能厅内热闹非凡，杨益言来了，胡蜀兴来了，重庆市领导人也专程来了，中国作家协会的领导来了，共青团中央也来了代表，读者代表来了，作家代表来了，图书发行工作者来了，中国青年出版社40年前的责编来了，当年组织领导这部小说创作的四川省老干部来了，重庆渣滓洞集中营的幸存革命志士来了，小萝卜头的亲哥哥来了，江姐的孙子来了——他是一位留学美国普林斯顿的年轻博士……大家为了一个目的走到一起，那就是出席《红岩》手稿的隆重捐赠仪式，并参加座谈，纪念该书出版问世四十周年。

手稿当众亮相，它完成于1960年。这部《红岩》手稿共有834页，页码数是用打号机打上去的。稿纸是20×20型的横式红格纸，重庆市生产，纸色偏黄，比较粗糙，在底线下印着一行"共青团重庆市委员会稿纸"小字。

手稿的字是蓝色钢笔字，相当工整，也很漂亮。

每一页稿纸上都有用红笔改写的痕迹，有时是用毛笔，有时是用钢笔，修改处相当不少。

在少量的稿纸上贴了铅印的试印稿，这是借用的缘故，省得大段地抄了。这种试印稿的原始印数很少，是请人提意见用的，属前期稿本。

属于中国社会主义时期的前17年中的文学作品的优秀

者，以长篇小说为例，常被老百姓简称为"三红一创一歌一保一林"，即《红岩》《红日》《红旗谱》《创业史》《青春之歌》《保卫延安》《林海雪原》。这七部作品的手稿，文学馆收藏有一半，即《红旗谱》《青春之歌》《保卫延安》《红日》的同名同作者电影剧本。此次《红岩》手稿的入藏，"三红"便基本上收齐了，而且上述总计七者有五矣。

这样一部印量最多，读者最多，影响面最广，影响持续时间最长的中国革命小说的手稿终于有了一个妥善的归宿。

在世人面前，20世纪上半叶的中国最令人震惊的事便是革命。中国就是革命，革命就是中国。它究竟是怎样发生的，小说《红岩》能做出形象的回答。

从这个角度出发，《红岩》手稿的收藏及其重要性，无论怎么说都不过分。

（原载《人民政协报》，2001年7月1日）

宗璞的作文和李广田的批改

宗璞给了文学馆四份手稿，并不是她的代表作，却是她最得意的和最珍贵的，因为上面有她的老师李广田先生的批改。

这四篇作品都是宗璞的早期作品，是她在南开大学和清华大学当学生时的习作，最早的写于1946年，最晚的写于1949年4月。恰巧，李广田先生也同期先后在那两个大学任教，习作上便留下了他的批改。

于是，就有了珠联璧合的般配。那时，宗璞叫冯钟璞。她早期发表的作品都署这个名字。吴晓铃先生曾经说过，她署名"钟璞"写的小说很有特色。

也许是经过宗璞精心选择之后送来的，这四篇作品都具有典型性：一篇是短篇小说，叫《明日》，有5500字，描写一位老实的乡下农夫被抓壮丁，受尽了折磨，当一个同伙逃跑时，他反被追击的枪弹误杀；一篇是通讯报道，叫《劳动人民的儿女们——追记四妇女劳动英雄讲演会》，这篇是北平刚刚和平解放后的作品；一篇是散文，叫《荒原梦》；另一篇也是散文，叫《雪后》，这一篇写得最早，在它前面写有一句注解："第一次作文。"

对这四篇作文，李广田教授都打了高分。第一篇和第四篇得了"A$^+$"，其他两篇是"A"。

李广田先生既是著名的现代散文家，又是名望很高的学者教授，他当过清华大学的系主任、副教务长和云南大学校长。李先生桃李满天下，他的得意门生中有一位便叫冯钟璞，这由他对钟璞作文的批改中完全可以看出来。

李先生批改学生作文爱用两种办法，一是在好句子旁边圈圈点点，二是在结尾处写评语。他的评语写得亲切极了，本身就是好散文甚至是诗。

对钟璞散文《雪后》，李广田写道："我很喜欢你文章的节奏，像听一个会说话的人说话，像听一个会唱歌的人在歌唱。我想，你也许可以写诗了。"

仔细看他圈点过的地方，更觉他说得有理——"白的树，白的房子，白的地，白的桥，还带着柔和的光，为什么呢？这样的美丽？"

李广田先生对散文《荒原梦》的眉批是："我在荒原上住了一年，有很多地方都不曾体会到，凭借了你这篇深切而灵动的文字，我才体会到了荒原之为荒原：它也可怕，也可爱，而从人的变迁上看起来——如你最后一段所写的那一片荒原倒是叫人非常怀念了。"

对短篇小说《明日》的评语包括两部分，前一部分肯定它"结构是完整的，发展也自然，有些细节写得很生动，那些活的语言，尤其是一特点，这在你别的文章中是还没有见过的"。后一部分则指出人物性格刻画还不够，"假如能把他的日常生活，他的生活习惯再补叙一些就更像小说了"。

对那篇通讯报道的批语最为别致："我以为你是不喜欢且不善于写这样的文字的，而这篇文字确写得很好，这是你的一大进步。以后可以多写些这样的报道，这极有用，叫任何人看了都会觉得振奋的。"

难怪宗璞要把这四篇作文选送给文学馆保存。

有这样的好老师，真叫人羡慕！

林海音的礼物

一部电影《城南旧事》，将林海音的名字传遍大陆。她成了第一位家喻户晓的台湾作家。

林海音五岁随父母离开台湾来到北京，一住便是26年。离开北京去台湾的时候，她已经是一个"彻头彻尾"的北京人了：说一口地道的北京话，满脑子装的都是北京人北京事，笔下写的也大半都是北京城的老事，《城南旧事》便是她许许多多回味北京生活的作品中的一部。1990年5月，她终于有机会回来看看已经阔别了40多年的北京，她是以一个旅行团成员的身份来的，在北京只能待四天。就是这短短的四天，使她和中国现代文学馆结下了不解之缘。

在参观文学馆藏书库的时候，她发现台港书所缺甚多。林海音快人快语，当时就决定赠送一整套"纯文学"出版社的书给文学馆。"纯文学"最初是一个文学杂志的名字，是林海音主办的，在台湾很有影响，不少当今著名台湾作家的处女作都是发在这个杂志上的。后来，林海音办起了一个文学出版社，仍叫"纯文学"。"纯文学"出版社以出书水平高而著称，在海内外享有较高的声誉。

这一整套书有202册之多，其中包括《纯文学丛书》166册、《纯美家庭书库》36册。

这是一份厚礼，是文学馆收到的第一批数量最多、质量最高、最齐全的当代台湾文学图书。

当年7月文学馆便收到了这套书，一本不缺。消息传出，在海内外文学界受到一片赞扬。

林海音还有言在先，她回台湾后要向出版界同行广而告之，让他们也把自己出版的文学书捐赠给北京的中国现代文学馆。如今，台湾的商务印书馆、"尔雅"、"九歌"、"大地"、"洪范"等大出版社都已通过林海音寄来了赠书，引起大陆文学研究界的高度重视。

十分有趣的是，林海音一家子都写书，是个写书家族。她写信来说，她家四代人都是写书的，写书人多达十名。她的公公叫夏仁虎（枝巢子），是著名国学大师。她的丈夫叫夏承楹，笔名何凡，是台湾最有名的专栏作家和翻译家，他写了近40年专栏，天天不断，最后集合成《何凡文集》，竟有厚厚的26卷，洋洋大观。她的儿女，她的两个外孙也都写作。

林海音在信里说："我家有四代写书，多由纯文学出版呢！加起来也要一大箱。"

其实,寄来的时候,光是何凡先生一人的著作就是整整一大箱。

后来,林海音又把早年的《纯文学》杂志合订本寄来了一整套,又是一大箱。在台湾,最早向台湾读者公开介绍大陆著名文学家的杂志就是林海音的《纯文学》杂志。这套旧杂志很珍贵,在大陆是独本。

林海音,这名字多好!把海那边的声音送来的,就是她。

凌叔华的遗物

凌叔华在北京去世。

她的遗物也留在了北京，由她的女儿陈小滢整理捐出，放在中国现代文学馆的作家文库的一个平柜中。

全都是小东西，但都是凌叔华随身所带，离不开的。其中有她的一串钥匙，是她伦敦寓所的门锁上的。有她的钢笔、圆珠笔，有她的水杯、头巾、眼镜、小刀、小梳子。还有她的手杖和毛毯。她是盖着这条毛毯坐着轮椅，由女婿秦诺瑞陪同乘飞机由英国来到北京的。

那辆英国轮椅也放在文学馆，个儿挺大，平柜里放不下，收在仓库里。

平柜里还有凌叔华九十大寿时，朋友们和亲人们送给她的生日礼物——黑陶瓶和绸子围巾。九十大寿她是在石景山医院里度过的。她的亲属纷纷由国外赶来。那天，凌叔华很高兴，躺在病床上，床头放着许多鲜花，她唱起了歌，中文的，英文的，日文的。两个月之后，她去世了。

平柜里还有消了毒的石景山医院的床单,这是医院院长特地送来的。床单伴随着老人走过了她人生最后的旅途。生前,凌叔华对石景山医院极有好感,说:"生病要生在石景山医院!"那里的大夫和护士对这位老人也赞不绝口,说她是一位高雅的女士,是一位"可爱的人儿"。在凌叔华病重时,有时,她忍不住疼,不自觉地呻吟一下,还要十分客气地向护士连连道歉:"对不起,很对不起!"

平柜里有她在英国出版的小画片。凌叔华是位大作家,又是位大画家。替慈禧太后画画的那位宫廷女画师后来曾当过凌叔华的家庭教师。凌叔华的父亲是位进士,晚年以吟诗作画为乐事。凌叔华本人的画是一种典型的文人画,格调清逸儒雅,幅面都不大,常常只有一枝玉兰花或者几片兰花叶。她身在异国40多年,笔头下却只有她的祖国留给她的纯而又纯的古老文化遗产的芬芳。

平柜里还有两样令人落泪的东西。一件是她病重时的签名。用的是医院的处方单,在它的背面写字。签出来的是天书,谁也不认识,不知道是中文还是外文,完全无法辨识,连她的女儿也摇头,很像一小幅山水画!但老人很认真,很慢很用心地在"写",或者说在"画",然而,她的手已经拖不动那支小笔了。这一个半签名是她的绝笔,一份谁都已经不认识的绝笔,一个大作家和大画家的绝笔。另外还有她最后的两幅照片,两幅都摄于她躺在担架上,不过不是在医院,而是在北海公园湖畔和史家胡同旧居里。十名大夫和护士护送着她,派了专车,抬着担架,满足了她最后的愿望。在北海,她流着泪,轻轻地说:"山美,塔美,湖美……"在旧居,她突然说她的妈妈正等着她吃饭呢!

凌叔华就这样落叶归根了。

没有留下话的杨犁

我们的老馆长，杨犁同志，突然走了，什么话也没有留。

没有来得及留，也根本不打算留。

赶到急救中心去看他。他已经失去知觉四个小时。院长，主治大夫，医疗小组，正在尽全力抢救。他们说，四天前夜里送进来时，心脏的情况就很糟，幸亏家属送得及时，经治疗病情稳定住了，病人还想回家呢。过了四天，清晨突然心脏停跳，血压降至零，好在抢救得快，经过电击等措施，有了脉搏，有了呼吸，只是知觉没有恢复。急救中心认为情况很不好，要做最坏的准备。

夜里十点半，用尽一切办法，心脏再也不跳了。他的知觉始终也没有恢复。他默默地走了，一句话都没说。

问他的家属，他留下过什么话吗？家属们摇头。没有。

问他的家属，你们有什么要求吗？家属们又摇头。说：杨犁同志没有，他们也没有，没有任何要求。没有。

赶到他的家，看了他的书房兼卧室，看了他的客厅，只能用"两袖清风"来形容。客厅里有一张床，不正规，是搭的，有一张折叠方桌，几只单人沙发，一排书柜，再无别的，真正的四壁空空，是一个干净的、没有任何恶习的文人的家，是个廉洁的公务员的家。

问有没有照片，回答说，有，可是不多，而且没有底片。找了两张，现去翻拍放大。

问有没有灵堂，说还没有。

问对后事有何打算，又说没有。

全是没有。

为什么？

回答是：想过了，杨犁同志生前就是这么一个人。

他从不提任何要求；他克己奉公；他只知道低头苦干，是个典型的工作狂；他把心掏给党，掏给国家，掏给人民，别无其他。

他是西南联大和北京大学的学生。他20岁进入解放区，同年加入共产党，是第一批进入北平接管北平文化工作的干部，是全国文联和全国作协最早的工作人员之一。他为人耿直，一贯讲真话，而且敢于坚持自己的见解，不是个随风倒的人。1957年被错划为"右派"，连降五级，被下放到安徽涟水县去教小学，一去就是近20年。平反之后，他走上了《新观察》副主编和中国现代文学馆馆长的岗位。他没有任何怨言，拼死拼活地干，说是要把损失的时间找回来，把一天当两天，上班，班上干，下班，班下干，包永远是鼓鼓的，文件稿件永远跟着他跑，坐下来就是干活儿，绝看不出他受过天大的委屈。

快70岁的人，主编《当代作家大辞典》时，常常加班到深夜一两点，第二天还照常上班。劝他悠着来，他说自己不一一过目，放心不下；而且，因为是多人执笔，免不了有些参差不齐，看着别扭，不改顺了总觉得对不起读者。他心脏不舒服，劝他住院，他摇头；住了院，劝他多休息几天，又摇头。说是要为文学馆省钱。

他叫"犁"，极具象征性。老牛拉犁，耕耘不止，扬蹄低头，奋力向前，身上挨过多次的鞭打，伤痕累累，照拉无误，拉到最后，一头栽倒在田间，心瘁力竭，彻底地累死。

他是真正的共产党人。

平反复出之后，他给自己定了几条规矩：一是不整人；二是不说空话；三是以身作则；四是不文过饰非。这几条既是党的要求，又是他的要求，是他自己用血汗用命换来的处世原则，是他的切肤之谈。凭着这几条，他为现代文学馆打下了良好的基础，做出了有目共睹的具有开拓性的卓越贡献。

这么一个人，其实，用不着再说什么话。

全只因为他透明可见。全只因为他行动在前。

弦断曲终，寂静下来。泪落下。了不起的歌，了不起的静。

（原载《文艺报》1994年7月9日）

"两栖"奇才周颖南

周颖南生于福建仙游，在印尼发迹，在新加坡成名，是个成功的企业家和商业家，平时坚持业余创作，出游43年后，北京为他举办了一个"周颖南从事文学创作40年作品研讨会"，消息传开，一时诵为佳话，都说他是个"两栖"奇才。

两张名片

周颖南有两张名片，一张是有商业头衔的，另一张是有文学头衔的，遇见不同的对象，他会像变戏法一样"门当户对"地递过去；不过，也有递错了的时候，那也不要紧，他会笑着再递一张，把两张都送过去。他有双重身份。

那张有商业头衔的名片上密密麻麻地印了好多个职

务，有印染方面的，有纺织品方面的，最多的是饭馆、餐厅的，他担任总经理或者董事长，而且还是新加坡酒楼餐馆业公会的会长。

那张印有文学头衔的名片上职务也不少，他是新加坡作家协会名誉主席。他自己会写报道、写散文、写小说、写诗、写评论，出版了好几部作品集，他还是一位出色的编辑家，编了不少好书。

"周颖南文库"

周颖南把自己写的书和编的书，以及一部分藏书，千里迢迢，寄赠给北京的中国现代文学馆。文学馆为他建立了文库，叫"周颖南文库"，是三个境外作家（周颖南、周仲铮、李辉英）文库中建得最早的一个。这个小小的文库包容了235部文学书籍和21种484册文学杂志，其中有周先生自己写的书六种，编的书14种，研究他的专著四种。在期刊中有一套香港70年代至80年代初出版的《海洋文艺》，共79册，相当完整，十分难得。

周颖南每次由新加坡来北京，总要到文学馆看看，而且总要带点新书或者有文物价值的老书来，有时把自己刚刚得到的稿费捐出来。有一次他沉甸甸地提了两大本

《辞源》来。一看辞书的外表，就够得上"古董"级。他在扉页上写道："这部辞源，上下两册，是1915年10月初版本。天津赵金铭先生惠赠，据称是他祖先遗物，弥足珍贵，我决定保存在中国现代文学馆'周颖南文库'，供文化学术界研究之用。"

巴金先生1990年曾亲口殷切地对周颖南说："中国现代文学馆你要多支持。"

周颖南记住了这句话，他把它写在文章里，印在脑子里，化在行动里。

两部通信集

周颖南在"文革"后结识了文学泰斗叶圣陶和俞平伯两位先生。他除了每次到北京时登门求教问候安康之外，平时频频地投递书信，坚持不断。两位老人是有信必回，有问必答，到他们二位仙逝时，周颖南竟收到叶圣老100封来信和俞平老153封来信，真是洋洋大观。

周颖南是个有心人，他将二位老人的信一一保存装订成册，当作文物，他把这些信件的复印件寄给文学馆，委托文学馆副馆长刘麟先生替他编辑《叶圣陶周颖南通信集》和《俞平伯周颖南通信集》。这两部通信集的结集出版成了文学界的一件大事，因为它们对了解二位文学前辈晚年的思想和生活提供了极为重要的第一手资料，有很大的史料价值，而保存它们的功劳完全归于周颖南，一位生活在新加坡的大商人和大文人，真是妙不可言。大家都知道，叶老和俞老写信都不留底稿，写了立刻寄走，都写了些什么，只有远方的周颖南知晓，他把它们完整地保存了，装订了，结集了，出版了，公之于众了，所以，周颖南立了大功。

在"40年作品讨论会"上，有四位学者不约而同地就这两部通信集作了专题报告，说它们透露了不少鲜为人知的学术观点上的秘密，有很高的学术价值。听到这些，周颖南微笑了，他感到欣慰，他的用心得到了公认。

为丰子恺、刘海粟出画册

周颖南是在"文革"中经友人介绍认识丰子恺先生的。当时子恺先生受到"文革"冲击，四壁空空，处境凄惨。周颖南看在眼里，痛在心里，他走到广州，正准备返回新加坡，突然心一酸，便一股脑儿将自己随身所带的衣物统统寄给了受难中的丰先生，表示自己的崇敬之情和同情之心。丰先生处世恬淡，豁达而坦荡，回信中只字不谈自己的遭遇，却应周颖南之求，画了一些秀丽生动的画来，表现了一个高尚艺术家宁静的心境和对美好生活的无限憧憬。子恺先生的童心极富感染力。周颖南的几个孩子突发奇思，磨着要爸爸代他们向丰先生为他们每人求一幅画，还要写上他们的上款。没过多久，画真的来了，真是一人一幅，真有每个孩子的名字！

大画家和周颖南的友情持续了三年，1975年丰子恺病逝于上海。为了纪念这位杰出的朋友，第二年，周颖南把丰子恺先生没有发表过的画与字编辑在一起，在新加坡隆重出版了《丰子恺书画集》。而此时，在丰子恺先生的故乡还并没有为他平反，一场正义和谬误的拼斗正在决战中。周颖南以他的良知和对艺术的高超鉴赏力超前地道出了人民心中的话。

《丰子恺书画集》的出版似乎比这本画册本身更令人感动。它是一个典范，一个在非凡的条件下表达的人类的大爱，对艺术的爱，对艺术家的爱，是那么的执着、热烈和不顾一切！与此相类似的是为画家刘海粟编印画册。海粟先生40年代和80年代到过新加坡，和新加坡结下了深深的情谊。周颖南和海粟先生多次在上海、北京和香港见面，并经常通信。打倒"四人帮"之后，刘海粟获得了第二次艺术生命，创作激情汹涌澎湃，佳作不断，就在国内着手编印刘海粟多种画册的时候，周颖南在新加坡编印的两种刘氏画册已率先问世，其一叫《海粟大师山水小景》，其二叫《海粟老人近作》。

又是一次超前。

这都是可以载入艺术史册的事情。

找到老舍藏画下落

下面这段故事对收藏家和鉴赏家周颖南来说大概是既不被外人所知又过于渺小，但从中可以窥见周颖南的热心肠，而这热心肠恰是他对中华文化顶礼膜拜的极好写照。

老舍先生受迫害死于"文革"初期，家中被抄，所藏文物失散。渐渐，由国外传来一些消息，说他收藏的字画已经在国际美术市场上露面，并被拍卖，为美国、日本和新加坡的博物馆和收藏家所收藏。

周颖南便是带来这种消息的人之一。

1951年，北京的国画大师们为老舍先生画了一本册页，参加绘画的有颜伯龙、溥雪斋、李苦禅、陶心如、溥松窗、惠均、李可染、于非闇先生，总计十余幅。这本画册精巧雅典，潇洒生动，称得上是上乘之作。老舍先生很喜爱它，自己在封画的标签处工整地题了四个字：百花齐放，算是这本册页的标题吧，还在颜伯龙、溥雪斋、溥松窗等人的画面上加盖了自己的不同的名章，以示欣赏喜爱之情。

不知通过什么途径，此珍贵画册居然在"文革"中出现在香港美术市场上，并被新加坡人士购买收藏。

周颖南得知消息后，想办法告诉了老舍夫人胡絜青先生。还不止于此，他疏通了收藏者，允许拍照并将彩色照片寄回了北京，聊胜于无。更有甚者，他还请新加坡的大诗人和大书法家潘受先生为这佚散的画集写诗作赋，共得八首之多，也统统寄回北京，集惋惜、珍视、庆幸于感慨之中，并对老舍先生表达了真挚的崇敬和悼念。

而这一切，周颖南是悄悄地做的，并不露他本人的名。

在他那里，只有一股不露声色的追求，对东方艺术的追求，对人类文明成就的追求，追到天涯海角，追到水落石出！

在这些或大或小的周颖南故事里面，或许有一个醒目的启示，那就是：

周颖南以商业为手段，以文化为目的，最终落在文化上，这就为人们树立了一个生动的榜样，告诉他们应该把钱往哪儿花。周颖南有赚钱的本事和窍门，这足以使人对他表示崇敬；但是他的最高明之处是他对中华文化的五体投地式的崇拜和爱护。他把赚的钱花在抢救珍贵文化遗产上，花在扶助文化事业上，花在帮助文人和文人们最关注的事情上，这是多么有远见啊！

（原载《中华英才》第95期，1994年）

一曲美丽的咏叹调
——李辉英向现代文学馆赠藏书小记

作家和文学史家李辉英先生于1991年5月在香港去世。他的夫人张周女士遵照他的遗愿,将他在香港的全部藏书,共6000册,赠给了中国现代文学馆。张周女士完成了这桩大事之后,也于今年(1992年)年初故去。

李辉英先生是吉林省人,是"东北现代作家群"中的一员。在现代文学史上,他的名字常常和萧红、萧军、舒群、罗荪、陈纪滢、罗烽、端木蕻良、骆宾基、杨朔、高兰等东北作家的名字一并出现。抗战前他活跃在上海和北平文坛上。抗日战争爆发后,他和张周都参加了以王礼锡为首的作家战地访问团,是热情的爱国者。抗战胜利后,他回东北教书,1950年南迁香港,专事写作。1963年起,先后在香港大学和中文大学任教,是中文大学中文系主任,过着一种学者文人的简朴生活。他把所有的积蓄都买了书。在他的居室内，桌上桌下、架上架下全是书，书是他拥有的唯一的财富。

李辉英先生一生创作甚丰，有51部著作问世，其代表作是《万宝山》《雾都》《前方》《中国现代文学史》《三言两语》。他是香港文学的重要开拓者之一，同时又是中国抗战文学和中国文学史学的著者中的佼佼者。

李辉英先生1976年退休后，体弱多病，写作渐少，也很少外出活动，唯一的一次远行，是1984年回北京参加第四次全国作家代表大会。由北京回来之后，他就有了把藏书送回大陆的想法。李先生去世之后，张周夫人专程来到北京，向老朋友臧克家、葛洛、曾克明确表达了李先生赠书的愿望，还郑重其事地交了一份书面意向书。今年（1992年）年初，现代文学馆的工作人员匆匆赶到香港的时候，张周夫人已重病在身。藏书的交接工作抢在她的弥留之际日以继夜地进行。她的小儿子李中华也专程由加拿大赶回香港。他把母亲住房的钥匙往接书人的手中一塞，爽快地说："除了书，你们看还需要什么，是信件，是照片，是手稿，不必告诉我，都可以取走！"6000册藏书刚刚启运三天，张周夫人便离开了人世。

现代文学馆为这批藏书专门建立了"李辉英文库"，它是海外归来的现代作家藏书文库中最大的一个。它的建立本身就是一曲美丽的咏叹调。

　　一只归家的老鸟，衔着远方的绿叶，带着对家乡的依恋，飞越千山万水，终于到了家。这是一首非常好的歌，永远让人感动。

"卜少夫文库"落户北京

卜少夫先生的捐赠，先后两批抵京，有藏书，有刊物，有手稿。中国现代文学馆为此成立了"卜少夫文库"。1997年10月24日，卜少夫先生飞抵北京，在一批老朋友的簇拥之下，为文库落成剪了彩。他的此举，他的书，都称得上是真正的"回归"。巧啊，时间恰恰是在香港回归祖国之后。

卜少夫的这批藏书颇有特点，大部分是五六十年代在台湾和香港出版的，以政治、社会、新闻、文学、历史为主，总计1977册，是内地所没有的，观点自然是非常地不同，从存史的角度出发，是研究海峡两岸当代关系史的绝好材料，既不可缺少，又难得会如此集中。

为了运这批书，文学馆派了两名馆员，由副馆长带队，专程去香港，在胡志伟先生的协助下，花了两天时间，清点打包，装了整整一车，直运深圳。

装箱时，卜少夫先生在一旁指挥，他的原则是：一本不留，统统装走，"连锅端"，非常地彻底。

卜少夫先生很知道他这批藏书的价值，他思索良久，要为它们找一个好归宿，他还征求过朋友们的意见，最后，下决心，让它们去北京。内地没有啊，准能发挥更大的作用。

卜少夫是一位资深报人，是个著名社会活动家，结交了大量社会名流。他的藏书有不少是这些朋友的赠书。多数上面有著者亲笔签名。随便抽出一本，打开一看，十之八九有签名，其中不乏如雷贯耳者和叱咤风云者，观者不觉会惊叫一声。卜少夫的藏书就有这么"重"。这说明，他的藏书，杂虽杂，在档次上，却是相当整齐的，质量高，过硬。

卜少夫经历丰富，曾长期担任记者、主笔，编过《申报》，到香港后一人独办《新闻天地》政论杂志，50年不断，硬撑，卖了房子也在所不辞，破了办杂志时间最长的中国纪录，在报刊界是个名副其实的元老级人物。时至今日，年高九十，依然每天坐班，准时上班，准时下班，风雨无阻，文章照写，杂志照办，真正的了不起，在同行中，很难再找出第二人。他给文学馆的第二批赠书里就有一整套《新闻天地》杂志合订本，50年一册不缺，177部，整整放了一书柜，洋洋大观，成为"卜少夫文库"的一道风景线。这套《新闻天地》是卜少夫的心血，是他的骄傲，是他的历史，也是时代的记录，尤其是海峡两岸当代关系发展的印证，很有参考价值。

卜少夫当过80年代的台湾"立法"委员，代表香港地区，曾连任两届。他的这个特殊身份，使他和台湾当局老一辈上层人士的关系相当密切，也使他在内地、香港、台湾交往中占有一席特殊的位置。他在祖国统一大业中做了不少结结实实的好事。

"卜少夫文库"落户在北京，实际上是他这一系列好事的必然结局和精彩的集大成。

在文库落成剪彩仪式之后，当天在文学馆里有过一个热烈的讨论会，之后，在一个小饭店里，有过一次热闹的小午宴，老朋友中出席者有冯亦代、丁聪等人，卜少夫先生感慨万千，豪饮微醺，不断地讲演、对酒、唱歌，仿佛一下子把50年的旧情都找了回来，他说他已经编了四本《卜少夫这个人》，都是朋友们写他，为他过生日办整寿而写。1998年是他九十大寿，他还要再编一本新的《卜少夫这个人》，是第五集。

"卜少夫文库"的出现，或许，是"卜少夫这个人"最好的写照了。他的爱国，他的执着，他的豪放，他的奉献，全在其中了。

（原载《人民日报·海外版》，1998年5月23日）

去法国小镇取宝

在巴黎，在吴建民大使举行的国庆招待会上，意外地遇见了李治华老人。老人86岁，是《红楼梦》的法文译者。我们有十几年没见面了。我怀疑他是否还记得我。他先是很惊讶，但马上连连点头："记得，记得。"一脸的灿烂。他正和另一位老人向外走，匆忙之中，递给我一张名片，上面竟有三个地址。我戏称他为"狡兔"。他说他家在里昂，这几天住在巴黎，过几天要回乡下去，冬天再回里昂。"明儿中午我请你吃午饭，"他说，"咱们好好聊聊。"仍是一口标准的北京话，他可是已经离开北京67年了。

第二天我如约赴宴，他指定了一家他熟悉的老中餐馆，叫"中华乐园"，在市中心著名的拉丁区米歇尔广场。他早已在店前等我。他要了水饺。这食品在巴黎挺贵，还不是每天都供应，因为是手工的，人工贵呀。我看旁边桌上的法国人，全是单点水饺。法国红葡萄酒就中国饺子，是个乐子。不过，李先生还要了三样菜，上了红酒，一片盛情啊。席间自然而然地谈到《红楼梦》法译本。

"目前销得如何？"

"相当不错，第一版15000部已售光，第二版8000部又售光，目前是第三版，又印了6000部，每部上、下两册，卖600多法郎，相当贵。"

吴晓铃先生活着的时候，曾经给我看过这部《红楼梦》法译本，因《引言》中提到他，李先生赠他一部带回中国。据我看，书的印刷装帧极精致，圣经纸印刷，羊皮面，有封套，里面有100多幅绣像木刻版插图。吴先生当时笑着说："印得这么可爱，又这么贵，一般的个体小书店不敢摆，进一二部摆摆样子，结果常常是不翼而飞，让'雅贼'劫走。"

李治华在谈话中透露，这部书的译稿还完好地保留着，在他乡下的房里，量很大。

他的话引起我极大的兴趣，我当即问他："可以给中国现代文学馆保存吗？"

老人没有"打奔儿"，一口答应。

我当天晚上，便下决心去一趟乡下，干脆自己把手稿背回去。

李治华住在一个叫Blanzy的小镇，这个名字李先生译成"白浪集"，我则译成"泊郎驿"，暗指先生漂泊四方之后，终于停定在那儿了。这个小镇位于巴黎和里昂之间，离巴黎大约250公里。先坐去里昂的快速火车，用一小时二十分直达克鲁索城。下火车后换公共汽车到泊郎驿，十分钟就到，汽车票便宜得惊人，六法郎，有国家补贴，意在让大家都坐公车，少坐私人卧车，以免道路拥挤。先生告诉我，下了车沿着到马孔城的公路向前走200来米，过两座桥，过一道铁路，右手第三栋就是他家。

行，买火车票，说走就走。

小镇清静得简直像没人一样。公共汽车也成了我的专车，因为没有别的乘客。到了李先生家门口才算有了人气，一位健壮的法国中年妇女见我来到，大声热情呼喊。这是李先生的邻居，夫妇二人，住在他楼下靠西头的两间，为人极好，没事还替老人除草整地，冬天索性给他看房。据李先生说，小镇上因不常来生人，偶尔有客自远方来，居民们闲来无事，高兴得甚至要吹喇叭。

这次虽然没吹喇叭，妇女的大嗓门仍很隆重，早把李先生和李太太惊动起来了，开门迎接。先到客厅，李太太——李先生给她取了个中国名字雅歌——取出中国龙井茶，现坐开水，热茶招待，立刻钻进厨房做晚饭，准备开宴。

李先生忙着介绍小房小院，楼上楼下，院内院外，绕场一周，参观每个角落。

闹了半天，这是他太太的家产，她就出生在这所房子里，就在现在是客厅的那间屋里。她的曾外祖父是小学教员，本地人，集一辈子的积蓄盖了这座有八间房子和一个大院的住宅。曾外祖父传给外祖父，外祖父传给妈妈，妈妈去世后又给了雅歌。雅歌今年83岁。房子大概已有百年的历史。雅歌满头白发，身体还算硬朗。房子比她还硬朗，石头盖的，结实极了，保护得很好，内部已经分期分批全部实行了现代化改造，烧煤气的暖气片，电热器，自来水，抽水马桶，澡盆，各种现代设备，包括洗碗机，一应俱全，加上环境优美幽静，天然是个养老的好地方。

走进李治华先生楼上的书屋兼卧室，眼睛一亮，桌上整整齐齐码放着《红楼梦》法译本手稿，12个红皮的洋式卷宗，用手掂了掂，足有15公斤重，够我扛的。

李先生受联合国教科文组织的委托，为《世界文学名著》丛书翻译中国古典文学经典《红楼梦》，始自1954年，至1981年出版，前后历时27年，可谓历尽千辛万苦。不过，李先生自己却始终是另一种感觉，他非但丝毫不以为苦，反而觉得是一大快事。

用法文翻译《红楼梦》，必须有三大条件：第一中文底子要好，文学修养特别是中国古典文学底子要好，民俗底子要好，语言底子要好，否则玩不转；第二法文底子要好，这是天经地义的；第三最好长期在法国生活过，法国的枝微末节都熟悉，太太或者丈夫最好是个法国人，身旁等于有本活字典；宛如杨宪益和戴乃迭伉俪，凭这类似的三条用英文翻译《红楼梦》一样。恰巧，李治华这三条都具备，他便成了最合适的法文翻译人选。巴黎大学比较文学教授艾蒂昂伯先生就推荐了他。

李治华1915年生在北京，五岁能识5000个汉字，自幼聪明过人，小学和中学阶段就不断跳班，在中法大学附属高中毕业之后考入中法大学，学习法兰西文学，以第一名的优异成绩于1937年毕业，保送到法国留学。入里昂大学，读硕士，专修法国语言文学。1942年取得学位之后，一方面从事研究，一方面在巴黎教中文，业余从事中译法的译文工作，几十年下来，成为一位中法文学交流上有重大贡献的大翻译家。

李治华的父亲曾给京兆尹何乃莹的子弟当过家庭教师，全家都搬进何家在北京宣武区教子胡同的大府居住。据李先生回忆，他年少时就住在这大府中。不论是居住环境，还是人文环境，何家大府都甚像大观园，这自然对李先生翻译《红楼梦》也是个非常有用的经历。

李治华的太太原名雅克琳·阿蕾扎伊思，和李治华同期在里昂大学学习。她要一名辅导中文的老师，李治华要一名辅导法文的老师，正好跑到了一块儿，两年下来，彼此逐渐产生了感情。雅歌后来转校巴黎女子师范大学，毕业后和李治华结婚，并成为他的忠诚合作者。《红楼梦》译者正式署名是李治华和雅歌二人。李治华先译出草稿，由雅歌修改后用打字机打出翻译文稿，然后交校审者校审。

《世界文学名著》丛书的翻译体例规定：除译者外，必须由另一名专家担任校对。

《红楼梦》的法文校审由铎尔孟教授担任。此人是中法大学的创始人之一，清朝时就来到中国，教授法国诗歌戏剧及中译法课程，用毕生精力研究中国古典诗词，在中国待了49年，50年代初才返回法国。他在生命最后十年，足不出户，闭门修润李治华翻译的《红楼梦》，把全部精力和时间都贡献给了这项工作。他和李治华每周见两次面，暑假则住在一起一两个月，不断切磋，非常认真，一丝不苟。全部手稿的每一页的每一行都留下了铎尔孟教授的修改笔迹。就手稿来说，不论从什么角度看，它都是一份弥为珍贵的文物，如此精益求精，如此敬业负责，如此精诚合作，给人一种非常惊心动魄的感觉。

说着话，雅歌夫人已经在喊吃饭了，以法国人的美食标准看，这顿饭称得上很够意思，足足耗时三小时。吃一道，撤一道碟子，不吃完绝不上下道。汤、主菜、奶酪点心、冰激凌、咖啡、水果，依次上桌。当地盛产葡萄酒，自然要开瓶品酒。一瓶不够，二瓶。李先生还展示了由巴黎新买回来的开瓶器。李先生自己基本奉行素食主义，表演自配蔬菜沙拉，六七样蔬菜，当场切，切得极慢，配各种作料、各种汁、各种奶酪，然后拌在一起。再就着特别购买来的全麦面包干，和自家制造的果酱。老先生这道菜由动刀到入口，长达45分钟，只多不少。什么叫悠闲自得,大概这是最精彩的样板。要不怎么能叫养老呢。他说他每天如此,不是表演给客人看的。好嘛,整个一个孔夫子的食不厌精。

说到果酱,李先生和雅歌的小院就有好几种果木。有三棵大樱桃,有苹果,有梨,有洋枇杷,有葡萄,有红浆果,地上还有大黄,都能制造美味的果酱。

由对待吃食的这种考究的艺术态度,由法国人的那种慢条斯理、有滋有味的生活节奏,反过来,再看李治华的《红楼梦》的翻译,我仿佛找到了一些共通点,概括起来是六个字:精细、讲究、完美。

请看,法译本的各种"附件"就挺有典型意义:前有李治华60多页的引言,宛如一篇完整的红学论文,后有90多页的详细注解,还有400位人物的人名对照表,外加大观园地图,和100多个地名表。人名对照表其实很有必要,起码是很"人道",李先生对中国人名多采用意译,而不是音译,音译弊病很大,法国人绝对记不住;而意译难度又颇大,很费心思。例如"袭人"是动词,法国人名多用名词,李先生译为"阵阵香气",令人叫绝。

塞了整整一箱,把手稿运上了飞机,到家一数,整整4213页。

(原载《文汇报》,2001年11月22日)

精神富翁：阮章竞艺术作品展

文学馆最近办了一个特别有意思的展览，虽然没有轰动，但凡是看过的人，都赞不绝口，以为很难得，很有启迪，值得一看。

这个展览的名字就有些奇特——阮章竞艺术作品展。阮章竞——已故著名诗人；艺术作品——美术、书法、篆刻、手工作品。诗人和不是诗的东西偏偏连在一起，岂不有些出人意料！

确实出人意料。

诗人去世之后，文学馆的同人去诗人家吊唁，顺便应他女儿援朝同志之邀看看诗人生前工作的家庭环境，意外地发现家中墙上挂着不少幅诗人自己画的画，有油画，有国画，有油画棒画的写生画，还有书法，最早的可以推到1934年，晚的到1990年末。这说明，诗人一辈子都在作画，而且画得很有水平。他的女儿看我们饶有兴致，便打开柜子，让我们看阮先生刻的图章。啊，整整一柜橱，码得整整齐齐，起码有近百方。取出来一看，每一方都有纸盒包装，纸盒居然是诗人自己糊的，精巧之至，盒上用毛笔写着印章的章文。再看那章文，绝得很，如："无才作诗苦，何似种瓜甜。"又如："剑老无芒莫认账，余年当学大江流。"再如："白发读书未恨晚。"

我们当即产生一个思想，何不为诗人在文学馆办一个艺术作品展，一定好看。一拍即合，子女们同意，说等丧事过后，仔细找找，看够不够办一个有一定规模的展览。

一年很快过去，诗人家中传来喜讯，诗人留下来的艺术品之多，足够办一个琳琅满目的展览，而且几乎全保存在家中。

三下五除二，展览办了起来，择吉日开幕，不少老作家和老革命家出席开幕式，大家喜出望外，一致惊呼：发现了一个全新的阮章竞！

他的情感的复杂性，情趣的丰富性，才能的多样性，足以使观者折服。只要看看展出的"花色品种"就可相信：国画45幅，油画棒写生画47件，书法十件，油画三幅，篆刻20方，手工劳作七件，后者包括一方用大漆做的砚台，一块用刀雕刻出来的手工印刷红格稿纸的模块。

世上人间有不同的追求：有的人专门以追求物质生活享受为人生目的；有的人却不然。更有人淡泊名利，粗茶淡饭，布衣布鞋，不赶时髦；但是，他们的情趣高雅，多才多艺，热爱大自然，胸怀博大，才华横溢，思绪澎湃，诗词歌赋、琴棋书画无一不精,一辈子能为后人留下许多宝贵的精神产品,他们不愧是精神的富翁!

看,眼前就有一位,活脱脱的一个榜样,令人钦羡不已。

这事儿,难道不会引来一阵思考吗?

(原载《人民日报》,2001年5月1日)

为默耘者歌

有一位外国研究者曾说:"总有一天,会把沈从文、福楼拜、普鲁斯特看成成就相等的作家。"

这话倒很有预见性。因为,这一天,已经到来。沈从文已被公认为中国现代文学中的一位巨人。他为文坛奉献了百余部作品集,其中《边城》《湘行散记》名气最大。

不过,且慢,对沈从文的评价在20年前却完全是另外一个样子。沈从文在中国文坛上的遭遇可以说是最曲折和最具戏剧性的。沈从文的一生被迫截然分成两半,前一半是文学家,后一半是文物家;可以傲人的是,在这两半里,凭了"乡下人"的顽强执着,他都有辉煌的成就。他的巨著《中国古代服饰研究》被誉为中国社科界百年来最杰出的三大经典学术成果之一,也是拔了尖的。

沈从文和茅盾不同,和老舍不同,他是写乡土人情的圣手,是写水的圣手,是写少女的圣手,是文学的出类拔萃的另一类。在沈从文看来,人的个体可以被侮辱、被变形、被消灭,但人性不可战胜。生存的美妙和愉悦来自天性。于是,人们终于能在沈从文那里看见人的尊严及其真正价值的光辉。

这个展览是关于沈从文的头一个展览,我们仅以它献给沈从文先生的百年诞辰,用一些新的视角展现和缅怀这位可爱的文化巨人。

上面是我为"沈从文生平和创作展"写的《前言》。

从《前言》里不难看出这个"沈从文展览"的独特性、难点和可视性。

先说独特性。

独特性表现在它是"头一个"沈从文展览,估计,不管展现什么,观众都会极有兴趣看它。此前,关于沈先生,除了文字材料,什么也没有,没有照片,没有画册,没有手稿,没有实物。换句话说,对绝大多数读者和观众来说,沈先生是有神秘性的。

也正因为如此,对办展览来说,这是一块处女地,大有可为;虽然,很难。

"难"在三方面:一是材料少,二是内容庞杂,三是有敏感点。

沈从文夫人张兆和女士依然健在,虽年高体弱,但全力支持办展,他们的两个儿子龙朱和虎雏,以及儿媳,特别是孙女沈红,这回,都帮了大忙。他们提供了大批照片和实物,为办展览打下了扎实的基础,没有他们的承诺,我们是不敢答应办这个展览的。

　　沈先生喜欢西洋古典音乐，他可是"乡下人"啊。他有许多洋唱片留下来。每张唱片的封套上都留有他的亲笔"注"，而且，不止一笔，同一张唱片上有不同的笔迹，写于不同的时期和不同的心情下。比如在一张奥依斯特拉赫的《雷克拉尔D长调奏鸣曲》封套上，沈先生写了这样的评语："十分好，秀拔，有风致，和雅。"对莫扎特的《降E大调钢琴协奏曲》评价更高："极好（比本人其他曲子好）。"对一张李斯特的，沈先生是这么写的："此片不大成，如为戏班演奏，此面较差。"大概，不看这些唱片，多数人都不会知道，音乐曾是沈先生的生命，是音乐帮助了沈先生，伴他度过了人生最困难最孤独的年华。沈先生写过听音乐的诗。那真是一个大诗人的手笔，只有沈先生这样对音乐有这么大悟性的人才写得如此跳跃、如此张弛，如此将不可言传变成可以言传，如此美丽和令人神往。

　　突发奇想，在展览会的开幕式上，将沈先生喜欢听的曲子灌成带子，当背景音乐播放，岂不是一妙，放了，果然有奇效。

　　沈先生的书信也是一绝。

　　他爱写信。黄苗子先生对我讲过一件事，他说他曾有一封沈先生的长信，多达10000多字！是一夜间疾书而成的。那是在沈先生惊闻周总理去世的当夜。信末有话：

阅后请烧掉。老实的苗子、郁风夫妇连读数遍后，夜不能眠，遵嘱烧掉了。说到此处，黄先生嘘唏不止，连说：真傻真傻。

沈家子女积十多年的工夫，终于编成一套《沈从文全集》，共32卷，由北岳出版社出版，后五大卷是文物，前27卷中由18到26卷，居然有九卷是书信，从未发表！这是破纪录的。可见沈先生书信之多。文学馆已预定，今年年中将召开专门的研讨会，重点研究这批书信。

这回展览的书信中就有几件绝品。其中一件是1973年受难中的沈先生写给同样受难中的老友巴金的。不敢直接写给巴金先生，是写给萧珊的，试试步子。哪知，萧珊已经故去。巴金先生得到此信，激动不已。当时，谁敢给他写信啊，何况又报告了那么多老朋友的信息，都是他渴望知道的，小字整整四页。巴金先生一直珍藏着这封宝贵的信。沈先生在信中是那么的平静，以一种历经坎坷的过来人的超然和坦然，用幽默，甚至用调侃来描述他在湖北的"下放"生活："住处一年四季，地下总免不了生点白毛绿色，雨季中也可养点青蛙。"说两对孩子是"菜农！四个搞工的，倒也省事"！

文学馆收藏着一封解放初沈先生致丁玲女士的长信，毛笔直行，每页十行，长达十页，还附有一函借钱信。陈明先生把它捐给了文学馆，是一封研究沈先生思想轨迹的特别重要的文献，也是沈先生"转行"的自白宣言。当时，沈先生的稿子惨遭退稿，工资很低，家中三姐又忙于自己的事，致使沈先生情绪十分波动，一种失败感占了他的主体，感到"什么都完了"。他十分在意执政党对他的看法，有一种要"抛去过去一点点浅薄成就"，"在破碎中黏合自己"，受"一回考验"的感觉，说"有的是少壮和文豪，我大可退出，看看他人表演"。他"唯一希望即从一种比较安静工作中得回新生，就个人一点点长处为国家把精力用出"。"我可为后来者打个底子，减少后来人许多时间，引出一些新路。""似乎在社会发展上，我还可垫一块砖。"

一种痛苦、无奈、惶惑、委屈、气愤、挣扎、新生的欲望、牺牲、奋进；一种蜕变；一种脱胎；一种转换……所有这些，全部交织在一起，组成了一场惊心动魄的时代和个人命运的冲突。

实在是一笔难得的历史记录，足够后人花些工夫去品味、去咂摸、去研究、去总结。

诚如一曲淌泪的悲歌。

这就是那该死的"转行"。

不过，"该死的转行"又救了他，苦难，如能泰然处之，会变成成功的分子，成就了一位伟大的文物家。

展览上有几件实物非常精彩地展现了沈先生对从事文物工作是多么投入、多么兢兢业业、多么任劳任怨和多么自信，也多么挥洒自如。

全国政协委员、鼻烟壶工艺大师王习三曾托我赠文学馆一份沈先生的"笔谈记录",那是在1979年3月的一次会议上,他向邻座的沈先生求教关于鼻烟壶的一些知识。为了不妨碍别人发言,沈先生随意拿了几张纸,唰唰唰唰,写满了小字,当场递给王习三。绝对是一篇有关鼻烟壶的专业论文提纲,写得头头是道,极有层次和见地。此文自然是从来未发表过的。

这就是大学问家!

展柜中还有一份沈先生1954年给中央美术学院学员讲解丝绸纹样史时准备的一课《中国绸缎的花》的讲演提纲,两张明信片大小的卡片,竟然每面写满了34行,每行平均24个字,每个字宛如一粒小米!靳尚谊教授参观时,当即大叫:"这应当放进美术学院的校史展!"

照片也不得了,许多是首次披露的,前所未见。1946年5月3日西南联大国文系全体师生的合影就很精彩,那是要复员了,在一间破房前,一共四排,共57人,中间一排是老师,有浦江清、朱自清、冯友兰、唐兰、闻一多、游国恩、罗庸、许维遹、余冠英、王力和沈从文,瞧瞧这阵容。1933年胡也频遇害,沈先生护送丁玲回常德,在途中和丁玲、陈西滢、凌叔华留下一张合影,构成一份能说明许多问题的无言的直接证据。还有,1949年召开第一次文代会时,沈先生被排除在出席者之外,巴金先生和靳以先生到京后,专程到家中去看望沈先生夫妇,他们一起在门前留有合影，也是一段很悲凉的往事。

　　展览中的一个细节特别引起观众的兴趣，即沈先生一生的起伏和几位大文化人有密切关系。他的腾起和郁达夫先生及徐志摩先生有关，后两位都曾在他起步时写文章热情推荐，这是1924年和1925年的事。那时他们素不相识，沈先生还是一位刚出茅庐的穷青年。鲁迅先生和沈先生虽有过一段误解，但鲁迅先生对沈先生评价甚高，他曾对埃德加·斯诺说过这样的话："自从新文学以来，茅盾、丁玲女士、张天翼、郁达夫、沈从文和田军是所出现的最好的作家。"至于抨击沈从文的，就不能不提到郭沫若和丁玲了，展览上我们如实道来，但点到为止，公允处之，掌握分寸。

　　在沈从文先生百岁纪念那天，文学馆展览会的开幕式上高朋满座，来了不少嘉宾，热闹非凡，又是一次文学盛会。可惜，沈先生的同辈人已不多了，倒是来了一大批"第二代"。郭沫若之女郭平英不认识沈虎雏，走到我们的面前，诚恳地要我们为他们介绍一下，及至见了面，握了手，双方都表示，那已是上一代的事了，疙瘩不必再传下去，就此打住吧。彼此都高兴地笑了。这个小插曲，反倒成了一种和解的典范，在一个意想不到的场合！

　　"沈从文生平和创作展"引来了许多热情的观众，大年初一仍有许多人前来观看，都看得相当仔细，还看沈从文录像，听沈从文录音，走的时候，不少人规规矩矩地留下观后感，留言已经写下了三大本！有人竟然写下了这样的话：

　　心灵驿站。

　　我要去趟湘西。